Tomasz Różycki

Zwölf Stationen

Tomasz Różycki

Zwölf Stationen

POEM

Aus dem Polnischen
von Olaf Kühl

Sammlung Luchterhand

Die Originalausgabe erschien 2005 unter dem Titel
Dwanaście stacji bei Wydawnictwo ZNAK, Krakau.

FSC
Mix
Produktgruppe aus vorbildlich bewirtschafteten Wäldern und anderen kontrollierten Herkünften

Zert.-Nr. GFA-COC-001223
www.fsc.org
© 1996 Forest Stewardship Council

Verlagsgruppe Random House FSC-DEU-0100
Das FSC-zertifizierte Papier *Munken Print* für dieses Buch liefert Arctic Paper Munkedals AB, Schweden.

1. Auflage
Deutsche Erstausgabe

This translation of »Dwanaście stacji«« is published by arrangement with Spoleczny Instytut Wydawniczy ZNAK, Kraków (Poland).
Satz: DTP im Verlag
Druck und Einband: CPI – Clausen & Bosse, Leck
Printed in Germany
ISBN 978-3-630-62102-9

www.luchterhand-literaturverlag.de

Für Zosia, Renia und Stasia

Erste Station: Die Begegnung

März war, sehr dunkel und tobend,
wie es die Märzen häufig sind in diesem Teil Europas
an der Oder, in der vorzeitig ergrauten Stadt,
die sich Opole nannte, Oppeln auf Deutsch.
Diese Stadt, meine Krankheit! Bazillus der schwarzen Galle,
trauriger Tumor, der in der Seele wuchert
– wie ich dich hasse, Stadt!
Dich aufgeben, verlassen, wegfahren für immer!
Zudringlicher Alb, Ungeheuer ohne Seele, gesichtsloser Keim!
Fort mit dir, vergeh, böser Geist, du Smog vergeblicher
Wünsche, unverwirklichter Pläne und Träume,
Fluch jeden Morgens, fort mit dir auf immer und ewig!
Ach, Stadt – diese Stadt, Zeugin all meiner Begeisterungen
und Sorgen! Helden-Stadt, dreifach ausgezeichnet
mit dem Schlesischen Orden für Geistesgegenwart
und zweifach mit der Medaille der Stadt der hundert Banken
und einen Buchhandlung! Stadt mit dem Kalkgesicht,
gelegen im Tal der Sieben Zementwerke,
irgendwo an der Grenze zwischen Grober- und Biederschlesien,
das man in Schlesien podolisch nennt
wegen der großen Zahl von Aussiedlern,
an dem verwunschenen, dichten Fluss von blaubrauner Farbe,
mit schönem Quecksilberglanz an jenen heiteren Tagen,
am schäumenden Fluss, auf dem wundersame Erdöl-Gemälde
schwammen, Waschmittelschaum die Brückenpfeiler umhüllte
und die Spaziergänger oben belappte;

an dem unergründlichen Fluss, dem von Flussungeheuern,
Wassermännern, vom Prollfisch und von mutierten Karpfen
bevölkerten.

Heimatstadt, umgeben von perfekt geordneten Wäldern,
mit akkurat gepflanzten Bäumen,
die schon von Weitem salutieren, wenn man im Kleinbus
die Durchgangsstraße entlangbraust; Stadt,
umringt von Papierwäldern, den natürlich stillen Örtchen
Hunderter Wanderer, Stadt, der ein Kalkkragen wuchs,
Asche berieselte Stadt, mit schönen archaisch
rissigen Plattenbauten, die den Horizont bekränzen,
mit altpolnischem Großhandel aus Wellblech,
dem lachenden Lärm der Tafeln, Reklamen, Schilder,
Pfeiler, Kabel, mit ihrem zwanglosen Schlamm,
dem Blutkreislauf ihrer Busse, Taxis, Laster,
verhangen von bleiernem Nebel,
unter dem Abgasregenbogen jeden Tag wieder
auferstehende, lebende, lebendige Stadt.
Ach, wie gern würde ich dir sagen: »Leb wohl«!

Und in eben dieser Stadt, einem östlichen Viertel,
unweit von Bahngleisen und drei Trinkhallen,
inmitten von Pfützen und großen Schlammbeeten,
stand das Mietshaus, zu dem es Zugang von drei Straßen gab
durch drei Tore, bewacht von den Scharen der Trinker
und ansässigen Penner. Das erste war das Miliz-Tor,
so genannt nach dem Milizgeschäft, in dem seit jeher
Bier und Grundbedarfsmittel an die Gesetzeshüter
und ihre Schützlinge verkauft wurden.
Furchtbarste Aufschriften auf der Mauer
und scheußlichste Gerüche verschreckten hier
den unvorsichtigen Wanderer.

Das zweite war das Zigeuner-Tor, auch Bahntor genannt,
durch das es gebückt zu huschen galt,
um nicht von Zigeunerkindern angespuckt
und von den Frauen aufs Wildbunteste verflucht zu werden,
und schließlich das dritte, das Tor des Ersten Mai,
das Triumph-Tor, das auf die Geschäftsstraße ging,
zum Friseur, zum Spielsalon und weiter,
weiter bis zur Kirche.
An ihm standen kleine Weiblein podolischer Rasse,
verkauften Maiglöckchen aus dem eigenen Garten,
Mini-Knoblauch und bewundernswert magere Tulpen,
gewiss auch sonst eine Vielzahl interessanter Waren,
die dem Auge jedoch durch ihre mikroskopischen Ausmaße
vollständig verborgen blieben.
Diese Weiblein gaben beim Kauf immer ganz kleine Münzen
unbekannten Nennwerts heraus, die an den Fingern klebten;
um Auskunft gebeten, antworteten sie mit singendem Akzent,
und erst, wenn ihre Stimmen sich zu einer einzigen
Fisharmonie vereinten, öffnete sich der Magnetkreis,
der Protonenbogen, und man konnte unbeschadet
das Tor durchschreiten.
Dort nun, zwischen den Pfützen, lavierte unser Held,
nicht mehr so jung wie einst, doch immer noch ordentlich frisch.
Er schritt durch die weit geöffnete Tür ins Treppenhaus
und dann weiter, schnurstracks zur Wohnung im Parterre.
Zuerst klopfte er, ja, er klopfte an und wartete eine Weile,
da aber Antwort er nicht vernahm, drückte er die Klinke.
Er war keineswegs erstaunt,
dass hiesige Sitte es gestattete,
Wohnungstüren, Fenster und Haustore offen zu lassen,
trotz Gegensprechanlagen und der heute so häufigen
Einbrüche, Überfälle, Eigentumsdelikte. In anderen Teilen

dieser hochwürdigen Stadt sähe man hier nämlich Gitter,
Ketten, Balkone mit Drahtverhau, wütende Hunde und,
schlimmer noch, aus angelsächsischen Ländern
importierte Schweinsdoggen, rosig oder weiß, mit kleinen
Äuglein,
die ein Auto in der Mitte durchbeißen oder durch die Tür
sich fressen konnten, hinter der nichtsahnend die Gäste
mit Blumen und einem bescheidenen Geburtstagsgeschenk
warten.
(Die Halter, selig sich in Sicherheit wiegend,
ähneln sich ihren Beschützern mit der Zeit an,
übernehmen schließlich ihre Haltung und Sitten,
endlich auch ihre Fressgewohnheiten).

So war das in Polen, oder richtiger dem Land,
das seit dem Krieg noch immer Polen genannt wird,
nicht aber hier. In diesen Gefilden galten eigene Gesetze.
Wer unangemeldet kam, musste manchmal die ganze Wohnung
durchsuchen nach dem Besitzer, der gerade in einem
entlegenen Zimmer eingenickt war, alle Türen hatte offen
stehen lassen und unter Decken schnarchte,
den Kopf in ein Handtuch oder einen Schlafrock gewickelt,
sodass ihn wecken zu wollen an Wahnwitz grenzte.
So war es auch jetzt. Wehmütig seufzend wanderte unser Held
durch die Wohnung, hielt Ausschau nach der Dame des Hauses
in diversen Winkeln und Zimmern.
Ach, wie viele Erinnerungen sich mit diesen Wänden verbanden,
das fasst keines Literaten Feder und versteht auch sein Computer
nicht!
Hier der berühmte, vielbucklig uralte Sessel,
in dem Platz zu nehmen ein unerhörtes Kunststück war;
übermütige Eindringliche warf er ab sogleich

wie ein ungezähmtes Kamel – seine Sprungfedern arbeiteten
derart in ihm, als wäre er frisch aus der Manufaktur
oder Konsumgenossenschaft eingetroffen.
Und wie viele Stunden der zaubrigen Kindheit steckten in ihm,
im Kampf, nicht abgeworfen zu werden von ihm,
sich festzuklammern an den gebogenen, halbrunden Lehnen
aus Glattholz! Und hier die Schublade,
in der unterschiedlichste Geräte, in der Zettel,
Schlüssel, Zange und Hämmerchen, Holzlineale,
Einweckgummis, Schraubdeckel, Bleistifte sowie ihrem Wesen,
ihrer Bestimmung und Herkunft nach unbegreifliche Teile,
aber Teile eines Größeren, versteckt waren.
Jede Reise der Finger in diese dunkle Tiefe
war ein unsicheres und erzgefährliches Unterfangen,
lauerten dort doch alte Rasierklingen oder auch Reißzwecken,
und dennoch trieb stetig glimmende Abenteuerlust
die Hände jedes Mal von Neuem auf die Suche
nach unentdeckten Schätzen.
Hier auf den Regalen die schweren Wälzer,
die alle Rätsel des Daseins und Lebens enthielten,
in dunklen, reich verzierten Einbänden, geschrieben
in einer auch als gotisch bezeichneten Geheimschrift.
In dieser alten Schrift offenbarte sich gewiss die Zukunft
und unentzifferbare Begebenheiten, zusammen mit Zeichnungen
und einem farbigen Panoptikum in Menschengestalt, die,
Schicht für Schicht abgenommen, jegliche Geheimnisse
und Einrichtungen des Körpers in geradezu kosmischer Gestalt
zeigten – unter der Hülle der Haut sah man das Fugenwerk
der roten Muskeln, dann das Venengeflecht in den Farben
Rot, Gelb, Blau, schließlich die Räume und Apparate
des inneren Bedarfs, mit der Leber, dem Darm und dem Herz
an gesondertem Ort, gefangen im Rippenkäfig wie der Patriot

im Verlies von Schlüsselburg. Dieses Herz übrigens,
lose an den Rest des Organismus gebunden mit Hilfe
dünner, papierner Sehnen, war eines Tages abgerissen worden
infolge allzu heftiger Erregung ungeschickter Kinderfinger,
und irgendwo verschollen. Seit jener Zeit
barg der Papiermensch ein hohles Geheimnis in seinem Inneren.
Zum Abschluss dieses schönen Spektakels durfte
das neugierige Kinderauge ein weißes, schreckliches Gerüst,
Skelett genannt, schauen, gleichsam als Warnung
für vorwitzige Geister und kleine Suppenkasper.
Das Grauen voll machte das Bild eines Mannes
mit ganz präzisem, kunstvoll aus farbiger Pappe
geschnittenem Genitalien-Modell, sowie das einer Frau,
von innen gesehen, in zwei Versionen: das zweite
enthielt im Bauch, einem rötlichen Sack,
das recht unbequem zusammengerollte Kind mit riesigem Kopf.
Genau diese Entdeckung hatte auf unseren Helden
eines Tages großen und erschütternden Eindruck gemacht.
Besonders seltsam war, dass das Kind keineswegs den Anschein
machte, als würde es gewaltsam dort festgehalten
– im Gegenteil, seine selige Miene und der Daumen
im Mund deuteten darauf hin, dass es ihm gut ging,
was sich der Held unserer Geschichte nur durch das Ausmaß
dieses Minderjährigenkopfes erklären konnte,
der eine überdurchschnittliche Menge Verstand enthalten musste:
»Es weiß wohl selbst am besten, was es tut« – erklärte er sich.
Im zweiten Band des großen Buches zeigten retuschierte,
mit kabbalistischen Untertiteln versehene Fotografien
ungewöhnlich prächtige Vertreter der weißen,
arischen Rasse in ihrer reinsten nordischen Ausprägung,
mit strohblondem Haar, blauen oder farblosen Augen,
das Geschlecht wie zufällig von einem Feigenblatt verdeckt,

die muskelstraff in der Pose griechischer Heroen
der ersten Olympiade dastanden.
Die Frauen traten als Göttinnen mit entblößtem Busen auf.
Die gymnastischen Positionen, eingenommen mit einem hohen,
vom ungewöhnlich dramatischen Gesichtsausdruck
und dräuenden Blick beglaubigten Ernst,
schienen gewöhnlichen Sterblichen ganz unerreichbar zu sein.
Da gab es die bedrohliche Grätsche, umso grausamer,
als sie von entgegengesetzten Geschlechtern präsentiert wurde;
es gab den würdevollen, ernsten Lauf; es gab
den Exhibitionismus vorn und hinten angespannter Muskeln,
es gab die heldenhafte Spannung des Bogens
und den Wurf des Pfeils, des Diskus, den Stoß der Kugel;
sechs Arten mörderischen Kniens gab es,
und schließlich die weniger ansehnliche,
halsbrecherische Kniebeuge, die ihre Tragik aus der
furchtbaren, Grauen verströmenden Miene des Heros bezog.
Aus diesem Buch nun, das die Vormieter, die Peters,
Vertreter des germanischen Volkes des Deutschen Reiches
in seiner Tausendjährigen Variante,
in der Wohnung zurückgelassen hatten,
erfuhr unser bescheidener Held viel über das Leben
und lernte seine Symptome zu schätzen.
Von dort auch rührte seine später sich offenbarende Furcht
vor allzu heftiger körperlicher Anstrengung, die
– wie das Buch lehrte – mindestens göttlicher Statur
und übermenschlichen Mutes bedurfte, sodass er sich
für eine intellektuelle Laufbahn entschied und die Bewegung
der Augäpfel beim Lesen jeder anderen Übung vorzog,
und bei den Sommerdisziplinen das Dreckpulen
aus den Zehenzwischenräumen, in Ruderhaltung.

Derlei Schätze seines noch kurzen Gedächtnisses
entdeckte der Reihe nach in den Zimmern und in der Küche
unser Wanderer, soeben eingetroffen und außer Atem.
Über allem aber thronte das riesige Gemälde
eines unbekannten Meisters in vergoldetem Rahmen,
das zwei kleine Kinder, Brüderchen und Schwesterchen,
verloren im dunklen Walddickicht zeigte,
wie sie furchtsam auf schartigem Steg über den Abgrund
balancierten, mutig nach Hause geführt von dem Schutzengel,
der mithilfe seiner Flügel geschickt über der Schlucht schwebte.
Vor diesem Bild geriet unser Ankömmling in Rührung darüber,
dass auch ihn der Engel in heimische Gefilde
hatte zurückfinden lassen. Endlich betrat er jenes Zimmer,
das ihm besonders vertraut und wie eingesponnen war
in einen stillen Nebel von Kindheitserinnerungen.
Dort blieb er, heftig keuchend, am Fenster stehen,
das auf das kleine Gärtchen hinausging, dem Blick eine Oase.
Ehe er jedoch den Apfelbaum ins Auge fassen konnte,
sah er auf dem Fensterbrett die ach so wohlbekannte
Ausstellung: in Kunststoffschachteln, Plastikschalen
und erdgefüllten tiefen Töpfen wuchsen kleine Gräser,
wandten sich überaus vorsichtig zum Licht.
Sofort erkannte er in diesen chimärischen Wesen
die künftigen Gartenbewohner. Ungebändigt wuchsen
in einem Behälter für hoch streichfähige Margarine
riesige Tomaten, schon beinah zum großen Umzug bereit,
Sellerie, Porree in einem Joghurtbecher, des Weiteren Mangold
in Herings-und Rollmops-Gläsern, sodann die Blumen:
schon aufgeblüht eine Tulpe, und andere, wenig bekannte,
dennoch schon reife, die der Versetzung in die neue Umgebung
harrten. Vor diesem Frühling, beim plötzlichen Anblick
des pflanzlichen Mikrokosmos hier in diesem Zimmer

war jede Müdigkeit unseres Wanderers wie weggeblasen
und angeborener Frohsinn und Optimismus wiederhergestellt,
was sich üblicherweise in ungespielten Ausbrüchen
feuchten Gelächters, prustenden Gluckerns und
reichlicher Tätigkeit der ohrwärtigen Speicheldrüsen äußerte.
So wäre es sicher auch diesmal gewesen,
hätte unser Held da nicht endlich die Dame des Hauses erblickt,
seine Großmutter, die gerade von der Veranda
in die Küche zurückkam und ein leeres Reindel trug
– so nannte man hier Töpfe und Rondells –
aus dem sie die Mittagsreste, Kartoffeln und altes Gulasch
auf die Treppe geworfen hatte für die Katzen,
die bei dem vertrauten Geräusch aus allen Kellern
der Umgebung zusammenliefen. Es kam zur Begrüßung,
ungemein fröhlich, hundert Fragen nach der Reise,
dem Fortbewegungsmittel, dann hieß die Großmutter ihn sich setzen.
Sogleich lief sie auch an die Schränke und zum Kühlschrank,
holte Essen hervor, so wie das hier Brauch war,
jemanden, der von einer Reise kommt –
und wenn es nur zum Einkaufsladen war –
wegen des Verlustes an Vitalkräften zu tränken
und ordentlich zu füttern. Als Erstes gab es also Kompott,
dann Joghurt, Suppe, zwei Pfannkuchen, Kartoffeln
mit Dampfwurst, Tee, ein Käsebrot, saure Gurken und Kuchen,
abwechselnd aufgetragen und alles auf einmal,
sodass es dem verblüfften Wanderer bald die Sprache verschlug.
Die Großmutter ihrerseits entschuldigte den Mangel
in der Speisekammer damit, dass sie auf sein Kommen
nicht vorbereitet gewesen sei. Sie könne nicht mehr
zum Laden laufen, die Beine täten ihr weh
und sie koche nicht mehr – nur selten bekomme sie Besuch,

seit die Enkel in alle Welt und Nachbargemeinden verstreut
waren.
Und sie selbst sei schon achtundachtzig und nicht in der Lage,
andere zu besuchen. Seit Langem rufe auch niemand sie mehr
an, obgleich sie recht geschickt war in der Entgegennahme
von Anrufen, ja, sie verstand sogar selbst eine Nummer
zu wählen und wartete geduldig, bis jemand sich meldete
– Hauptsache, es war kein Anrufbeantworter,
mit denen hatte sie immer Verständigungsschwierigkeiten,
beim besten und aufrichtigsten Willen.
Als sie erfuhr, dass ihre Cousine Malwina,
die in dem berühmten Markdorf Moszczanka unweit von
Prudnik
wohnte, von ihren Kindern ein Telefon bekommen hatte,
rief sie sogleich an, doch erfolglos, denn Malwinka,
zwar in vergleichbarem Alter wie sie und in der Welt
herumgekommen, in der Taiga, in Kasachstan,
wo sie Kamele gesehen hatte, Malwinka floh aus der Wohnung
aufs Feld, sobald das Telefon klingelte. Gefragt,
wie ihr diese Erfindung gefalle, sagte sie,
ja doch, so schrecklich sei das gar nicht
(»es klingelt und klingelt, aber irgendwann hört es auf«).
Zum Trost blieb also Radio Maryja, gesendet aus Toruń,
besonders aber der gemeinsam mit ganz Polen gesprochene
und mit dem ganzen Volk über die wundersame weite Welt
verstreute Rosenkranz. Radio war besser als Fernsehen,
in dem nun wirklich schon zu schnell geredet wurde
und man schwer verstand, was all diese Bildchen,
schrecklichen Filme und Verrückten dort sollten.
Nur der Papst ließ sich noch anschauen.
Großmutter dachte noch immer an die Worte
ihrer eigenen Großmutter, als ihr Vater das erste Radio

nach Hause brachte und alle aus dem Dorf
zum Hören kamen, nur sie wollte nicht.
Ein Radio war das, noch mit Kopfhörern,
einen Blitzableiter hatte es zum in die Erde Graben,
und die Großmutter der Großmutter sagte,
das sei bestimmt der Teufel, den sie da draußen
vorm Fenster eingegraben hätten, er sei es,
der jetzt in den Kopfhörern kreischte und quietschte.
»Genau wie jetzt mit dem Fernsehen«, sagte Großmutter,
nachdem unser Held einen Schliefe genannten Keks
gegessen hatte, der trotz seiner Härte sehr lecker war,
»sie haben den Teufel mit der Antenne aufs Dach getragen,
und jetzt spielt er dort verrückt, der Bösewicht.«
Doch war das zu einer Zeit,
als sich in ganz Polen die Großmütter zu Tausenden
schon rührende Fernsehserien aus Mexiko, Brasilien
und Amerika ansahen und alle Arbeit stillstand,
wenn die Zeit gekommen war, in Küche und Garten,
die Enkel selbstständig über den Boden krabbelten
und endlich alles in den Mund stecken konnten,
was sie dort fanden, ungeniert die Milch überkochte,
die Suppe kalt wurde und der gesamte Haushalt ungeschützt
den Dieben ausgeliefert war. Und es war zu einer Zeit,
als das Fernsehquiz die Herrschaft über die Volksseele ergriff
und so viel Emotionen und Energie vor dem Abendessen
verbrauchte, dass es Sport und intimes Leben der Eheleute
ersetzte. Doch nicht hier, hier war es anders.

Und es war zu einer Zeit, als ganz Polen weit und breit
in der Zunge der Margarine- und Waschmittelreklame zu reden
begann und diese auch den unschuldigen Kindlein zur Fibel
wurde, Filme aus aller Welt den ersten Unterricht gaben

und die Kinder zur guten Nacht Videos sahen, mal aus Amerika,
mal aus Hongkong, und vom Bildschirm das Blut auf den Teppich
troff. So war das in Polen, dem noch immer so genannten Land,
wenn auch die alten Sitten völlig ausgemerzt und
die Ehre im letzten Krieg verloren war, nicht aber hier.
Das Licht von Aufklärung und Zivilisation drang nur schwach
hierher und das dunkle Volk unterhielt sich lieber,
traf sich miteinander, statt fernzusehen.
Hier scharte sich alles um die älteste Person in der Familie,
heilig waren die Feiertage und heilig
die von Großmutter gekochten Mittagessen,
daher auch ihre heutige Verwirrung.
Selten stießen hier die Moden der Welt
auf ungeteilte Zustimmung. Askese beherrschte die Einrichtung
und Bescheidenheit die Kleidung, Grund dafür,
dass der Enkel die Großmutter im Geiste jahrelang
in ein und demselben Aufzug, einem ganz schlichten Kleid
sowie einer als Hauskleid bezeichneten Schürze, vor Augen sah.
Eventuelle Lücken daran wurden mithilfe einer Sicherheitsnadel
repariert, deren Ort recht spezifisch und deren Rolle
nicht zu unterschätzen war – verband sie doch
durchgescheuerten Stoff, ersetzte Knöpfe und war
eine wahre Brücke zwischen altem und neuem Detail
im Zustand der Garderobe. Auch die Kunst des Kämmens
war die anspruchsloseste, und an kühlen Tagen trugen
die Frauen noch immer ein Kopftuch,
das unter dem Kinn zusammengebunden war
– Emblemat von Armut und Rückständigkeit
schon vor dem letzten Krieg in Europa und jenseits
des Ozeans. Nicht so hier jedoch.
Gewiss sah man schon lange Änderungen heraufziehen,
denen sich die Bewohner von Herzstück

und Zentrum des Landes bereitwillig unterwarfen.
Selbst eine in letzter Zeit aus der Puszcza Kozienicka
eingetroffene, verschwägerte ältere Dame
rief bei den Eingesessenen leichte Belustigung durch ihren,
wie man meinte, allzu bunten Aufzug hervor,
der einer Person in so fortgeschrittenem Alter,
einer Witwe zudem, nicht anstehe.
Besonders peinlich wirkte die Art ihrer Frisur,
Dauerwelle genannt, bei allzu schütterem Haar,
und der auf dieser Tracht montierte Hut.
All dies in Verbindung mit großer Geschwätzigkeit
und fehlendem Maß beim Fragenstellen in der dort üblichen
quarrenden Aussprache rief bei vielen Bewohnern
besondere Verbitterung, ja Panik hervor.
Nicht nur die Fremden brachten fremde Vorbilder hierher
– auch ganz nah Verwandte, die einst die heimatlichen Gefilde
verlassen hatten, um das Glück in anderen Ecken des
geliebten Vaterlandes zu suchen und dort ihr Leben verbrachten,
kehrten manchmal nach Jahren völlig verändert zurück.
Schliff hatten sie abbekommen, hatten die Welt gesehen
und gern aufgenommen, was es an Gutem dort gab.
So kam zum Beispiel Tante Dana, nach Jahren
in einer verbrüderten galizischen Stadt,
der Hauptstadt der Stickstoffe, mit Haaren zurück,
die einmal rot, dann wieder blau gefärbt waren,
und sie war eine ernsthafte Person, die weit gereist war
– bis nach Varna, an die Goldenen Strände des sonnigen
Bulgarien, sowie in die Republiken mit der Klassenelite
und dem Kollektiv im Rahmen von Erholungsaufenthalten
der Gesellschaft für Polnische und Sowjetische Freundschaft.
Und dieser breitkrempige Hut nun war ihre Zierde,
abgesehen von den Füchsen im Herbst.

Indes nach der Begrüßung, der Rührung,
den ersten kleinen Häppchen, nach Fragen nach diesem
und jenem und Berichten darüber, was geschehen war,
lud die Großmutter den Enkel für morgen zu Piroggen ein,
denn anderntags war tatsächlich Freitag, immer noch Fastentag
in diesen Gefilden, die der Vergangenheit lebten,
und somit die beste Gelegenheit, Gäste aus der ganzen Familie,
von nah und fern, mit Piroggen zu beglücken.

Doch das morgen, für heute fanden sich noch immer
Mürbekekse, sehr alt, sowie ein Kuchen,
den die soeben hereingeschneite Tante Nachbarin brachte,
nebst neuesten Familien- und anderen Ereignissen,
auch Neuigkeiten in einer recht vertraulichen Sache,
von der bisher kaum einer der Außenstehenden wusste.
Als sie den Enkel erblickte, begrüßte sie ihn erst,
sah die Großmutter an, zwinkerte ihr zu und sagte dann:
»Gut, dass du gekommen bist, da wirst du vielleicht
Priester Kwiatkowski kennen lernen. Er wird morgen bei mir sein,
wenn auch nur kurz, und gewiss auch deiner Großmutter
einen Besuch abstatten. Er kommt von weit her, aus der Ukraine,
der Pfarrei Gliniany, wo deine Großmutter und ich getauft sind.
Jetzt sammelt er für die Renovierung der Kirche,
die nämlich ist eine einzige Ruine, und wer sollte dafür spenden,
wenn nicht wir – die Jungen wissen nichts
und interessieren sich auch nicht sehr,
und von den Alten sind nur wenige übrig,
und wer weiß schon davon, über ganz Polen sind sie verstreut.
Nur wir hier sind alle aus der Gegend.
Und er selbst ist arm – dort gibt es, das weißt du ja auch,
nichts zu essen und es herrscht Not in letzter Zeit.

Er kommt zum Übernachten her und reist dann weiter,
bis an die Neiße.«
Dies gesagt, begann sie ihrer Familie zu gedenken,
der Anzahl ihrer Enkel, ihrer Ausbildung, der zahlreichen Pläne,
gemeinsamen Unternehmungen, der Krankheiten der Töchter,
ihrer Ehemänner, der Familien dieser Ehemänner,
schließlich auch, was sie gesagt hatten, wovon die Folge
war, dass die dankbaren Zuhörer erst in leichte Verwirrung,
dann in Panik gerieten und die Fähigkeit des Begreifens
und Assoziierens verloren, da die Zahl der Erwähnten
den Rahmen jeder Verträglichkeit zu sprengen drohte.
Doch Großmutter fand sich trotzdem sehr gut zurecht
in der Familiengalerie der Tante Sydonka,
immerhin ihrer Schwägerin, oder machte,
aus angeborenem Takt, wenigstens den Eindruck.
Sie war es auch, die am Ende Tante und Gast laut und deutlich
für morgen zu Piroggen einlud und damit das Thema wechselte,
was aber auch an der Zeit war. Es ging auf zwei,
der Enkel, ein wenig benommen von Anzahl und Art
der genossenen Produkte, stand auf, schritt, leicht schwankend,
zur Tür und erklärte der Großmutter, er müsse nach Hause,
wobei er für morgen dezidiert sein Kommen ankündigte.
Sie verabschiedeten sich schön, es war ja nicht für lange,
und sehr fröhlich, denn fröhlich waren immer die Abschiede
aus jenem Geiste, und verabredeten sich noch einmal
für morgen, zu Piroggen und weiterem Gespräch.
»Und nimm noch gefrorenen Fisch mit,
der ist morgen genau richtig zu Mittag, wenn du kommst«,
sagte die Großmutter und schob dem Enkel einen riesigen
Dorsch in die Rucksacktasche, kurz bevor er von dannen zog.
Ach, das berühmte großmütterliche Geschenke-Unterjubeln!
Unterjubeln, heimlich und unangekündigt!

Wie viele Male hatte der Enkel nach Monaten getrocknete
Lebensmittel entdeckt, Mittel, die im Rucksack,
in den Taschen und Winkeln seiner Garderobe
ein zweites Leben führten. Wie viele Male hatte er
den Inhalt der Tasche evakuieren müssen, Bücher und Papier,
wegen der Undichtigkeit eines Einmachglases mit Barschtsch,
einer Büchse mit Hering oder einer Zeitung mit Schinken!
Wie viele Male hatte Toffi-Schokolade, zwischen den Büchern
zu Pulver zerrieben, seine Papiere, die Steuererklärung
oder eine notarielle Urkunde braun gefärbt.
Wie viele Male hatte ein Ei sich, von der Großmutter listig
in die Tasche geschoben, während der Hauptverkehrszeit
im Bus wiedergefunden, wenn er diskret nach der Fahrkarte
tastete. Und wie viele Male schließlich hatte Milchschokolade
an heißen Tagen ihr Silberpapier verlassen und war
über die weißen Seiten von Verträgen und Heften gekrochen!
Niemand verstand sich so gut auf das Geschenke-Verstecken
wie Großmutter, zumal das Geschenk auch ein größerer
Geldschein sein konnte, der zwischen die Blätter eines Buches
aus der Leihbibliothek oder in die Hosentasche geschoben wurde,
was sich zur hellen Verzweiflung des Enkels und der Familie
erst nach der Wäsche zeigte. Dieses Mal schwor sich der Enkel,
heftig erschrocken, an den Fisch zu denken
und ihn bei nächster Gelegenheit freizulassen.

Zweite Station: Die Pfarrei

Doch das Dickicht der Mark zu verlassen, war gar nicht einfach,
hatte der Wanderer seinen Fuß einmal dort hineingesetzt.
Tante Sydzia, die die Großmutter gleichfalls verließ,
zog den Enkel in ihre Wohnung (nächste Tür),
und wenn er sich auch mit großer Eile und Zeitmangel
herausreden wollte, ja sogar dezent körperlichen
Widerstand leistete, es war vergebens,
denn obwohl die Tante achtzig Jahre war,
überragte sie ihn an Statur, Lebendgewicht
und Entschlossenheit beim Aussprechen von Einladungen.
Schließlich gab er den Widerstand auf und ging
für einen Augenblick zu ihr, ohne sich auch nur zu setzen,
irgendetwas zu essen, mit der hochheiligen Beteuerung,
er werde gleich wieder gehen.
Die Tante führte ihn sofort ins Zimmer,
wo sie für den Besuchsfall eine Flasche Wermut aufbewahrte.
Sie goss ihm ein und kam sofort zur Sache.
»Du verstehst, die Kirche ist eine Ruine,
aber bis zum Juni soll die Renovierung abgeschlossen sein,
jedenfalls von oben, und der Pfarrer wird die ganze Gemeinde
wieder übernehmen, es braucht nur ein wenig Geld,
wie das heute so ist – alles kostet –
und die versteckte Monstranz, die vergrabenen Glocken,
die Kisten mit anderen Gefäßen, Gewändern und allem
was notwendig ist, noch aus der Zeit vor dem Krieg,
müssen gefunden werden. Mein Staszek war doch dabei,

wie sie das vergraben haben und ich weiß jetzt,
wo es versteckt ist. Wenn wir zum Juni,
zur Feier der Pfarrei alle gesammelt dorthin fahren würden,
könnte man sie finden.« Nach diesen Worten schenkte sie
ihm ein zweites Gläschen ein.
»Und noch eins sage ich dir, diese Monstranz
ist nicht irgendeine, sie wurde einst von der Gräfin Potocka
gestiftet und in Italien, in Florenz, in Auftrag gegeben,
mit goldenen Strahlen und überaus feinen,
meisterhaft gearbeiteten goldenen Ähren,
die sich beim ersten Windhauch regten,
sodass sie ungewöhnlich wunderbar und von Weitem
wie lebendig wirkte. Und Gliniany«, sagte sie,
»ist ja eine bekannte Pfarrei, wer weiß, ob die Stadt
nicht älter ist als selbst Warschau oder auch Lwów.
Denk nur daran, dass sie allein von den Tataren,
die längst ausgestorben sind, sechzigmal gebrandschatzt wurde,
ganz zu schweigen von den Bolschewiken, den Iwans, Türken,
Kosaken, Schweden, Lappen, Deutschen und Ungarn,
den Walachen, Moldawiern, Lipka-Tataren, Samojeden,
Mordwinen, den Weißen, den Anhängern Petluras, Mazepins,
den Nationaldemokraten, sämtlichen Marodeuren,
Bandera-Banden, Volksgardisten, Österreichern, Bulba-Leuten,
Gerichtsvollziehern, AK-Kämpfern, sowjetischen Partisanen
und im allgemeinen Überschwang auch den einheimischen
Bauern.

Mit so einem Ergebnis kann sich wohl keine
der bekannten Wojewodschafts-Hauptstädte messen,
ohne deshalb die Verdienste ebenso berühmter Städte,
wie Paris oder Rom, schmälern zu wollen.
Jetzt aber herrscht die blanke Not dort,
wie man mir schreibt, die Töpfe sind leer.

Dabei ist dort der beste Boden in ganz Europa,
und vor dem Krieg wurden in jeder Hütte Kilims
aus Schafwolle gefärbt, es gab eine Manufaktur
und kleine Fabrik in der Stadt, sie gehörte dem Juden
Aspern – Wolle importierte er sogar aus dem fernen Australien,
und die Kilims gingen in alle Welt.
Die Leute besaßen Färbereien in ihren Häusern,
fünf Kilometer weit den Fluss entlang,
und in dem Wasser lebten Forellen und stattliche Krebse.
Jetzt gibt es nur noch einen einzigen Betrieb,
der pfeift auf dem letzten Loch,
und das Wasser riechst du von Weitem schon,
darfst nicht mal den Finger eintauchen.
Alles haben die Bolschewiken kaputt gemacht,
naja, so sind die Zeiten.«
Dieses Gespräch hätte sich gewiss noch fortgesetzt,
zumal sie auch das zweite Gläschen leerten, doch
erinnerte der Enkel unhöflich an seine häuslichen Pflichten,
versprach das Gespräch morgen bei Tisch zu beenden,
und begann sich erneut zu verabschieden.
Diesmal mit Erfolg, denn kurz darauf schon
stand er vor dem Mietshaus im Sonnenlicht.

Die Großmutter indes war in ihr Zimmer zurückgekehrt,
wo das von ihr geliebte Radio, Radio Maryja, stand.
Sie setzte es mit einem Finger in Betrieb,
hörte zuerst die Gebete des Rosenkranzes,
so manchem befohlen, vor allem Polen,
und dann Anrufe von Hörern aus aller Welt,
die, obwohl sie durch Meer, Gebirge und Hochland,
ja Wald sogar, vom Vaterland getrennt waren,
doch alle das Gleiche sagten und die gleichen Träume hegten.

Als die Sendung zu Ende war, griff die Großmutter
nach einem schmalen Buch, das zum Schutz in Zeitungspapier
geschlagen war und im ganzen Haus sichtlich viel
gelesen wurde: Prophezeiungen für Polen und die Welt.
Darin erzählten heilige Männer und heilige Jungfern
– auch minderjährige Kinder darunter –,
was sie in Offenbarungen von Jesus und der Muttergottes
gehört oder was ihnen als Zukunftsvision erschienen sein mochte.
Da gab es Geschichten, die den menschlichen Geist
schaudern ließen – Visionen großer Kriege, Seuchen,
Katastrophen und moralischer Fäulnis jeglicher Art
machten die Mehrheit der beschriebenen Ereignisse aus.
Besondere Unbill sollte diejenigen Länder treffen,
die vom Bazillus des Reichtums verderbt waren,
von Gottlosigkeit und Sittenlosigkeit,
in erster Linie leiden sollten also Frankreich,
Holland, Deutschland, schließlich Amerika.
In einer ungeheuren Schlacht an den Ufern der Moldau
sollte die Jugend aus ganz Europa fallen,
und Russland sollte sich nach vielen Erschütterungen
und Niederlagen endlich zum Glauben der Kirche bekehren
und beim Jüngsten Gericht Schonung finden.
Einzig Polen wäre ein Hort des Friedens und sicheres Land,
zum Lohn für erlittenes Leid und seinen Glauben,
dem es trotz ewiger Verfolgungen durch Partei und Bolschewiken
nie entsagt hatte. Dieses künftige Polen, das Neue Jerusalem
für das von Seiner Mutter erwählte Volk,
sollte alle Nachbarvölker unter seine Fittiche nehmen,
die sich im großen Irrglauben und aufgestachelt von Moskau
von Polen abgewandt hatten, sollte ihnen leuchtendes Vorbild
sein und seine schützenden Flügel erlösend von Meer zu Meer
ausbreiten, in liebender Union mit Litauen, der Ukraine

und Weißrussland, vielleicht auch noch einem anderen Volk.
Ach, es war an der Zeit, sich endlich von dieser
wahnwitzigen Welt und diesem Land zu befreien,
das geradewegs auf die Katastrophe zusteuerte,
in dem jegliche Achtung und Lebensfreude verloren
gegangen waren, Familie, Liebe und Religion, Bescheidenheit
und Wahrheit zerstört waren und Wodka und Geld
das Recht ersetzten. Die Großmutter seufzte,
sprach dann zwei Ave Maria für all ihre Angehörigen,
die Lebendigen und die Toten, besonders die kürzlich
verstorbenen Kinder, gedachte noch ihrer Enkel und Urenkel,
(sagte wie in einer Litanei all ihre Namen auf)
und schlief ein. Da schlug die alte Standuhr acht,
und tiefe Stille senkte sich über das Viertel.
In der Ferne hörte man einen Zug vorbeifahren,
auf dem nahen Bahnhof wurde ein zweiter angekündigt,
donnernd jagte ein Auto über das Pflaster der Nachbarstraße.
Und als die Uhr elf schlug, konnte man in dieser Stille
bereits alle unruhigen Träume der Bewohner des Viertels hören,
die ein anfangs leises, mit der Zeit immer größeres
Stimmengewirr erzeugten. Man brauchte nur das Ohr an irgendeine
Tür zu legen, schon hörte man ganze Vesperpredigten
von Geräuschen, Seufzern und Flüstern, freudigen Rufen
und stillem Schluchzen. Die einen sprachen voller Würde,
andere kicherten leise, ganz ohne Maß.
Über dem Mietshaus schwebten, wie über einem Ozeanriesen,
Träume in Gestalt von Kormoranen oder auch Fledermäusen,
um sich des Morgens zu offenbaren und Bomben zu werfen
wie ein furchtbarer Krieg, dessen Schreckgespenst
die Ältesten der Schlafenden noch ereilt hatte,
oder aber die Verbannung, die sie im schwarzen Alb

des Zuges in die Ferne verschlagen hatte,
um dann vor dem Fenster aufzuheulen als weißes Gespenst
von Hunger und Frost, formlose Flamme, die direkt
dem Schnee entwuchs. Am Ende kam der Mord und stieß
mitten in der Nacht mit Kolben oder Axt
gegen die Fensterscheiben. Gegen Morgen träumte man
von der Vertreibung, und danach von der Kommune
in ihren drei Erscheinungsformen, der mit den Flaggen,
der im grauen Mantel und der mit dem Essigfläschchen.
Die Jüngeren dagegen, keines verlorenen Vaterlandes
mehr eingedenk und mit keinem innerlich verbunden,
waren von anderen Albträumen geplagt, vom Geld,
von der Arbeitslosigkeit oder schließlich dem ärgsten,
mit dem so viele hier auf Du und Du standen, dem Wodka.
Nach ihm jieperte der Schlafende schon im Morgengrauen so,
dass man das laute Glucksen bis über die Dächer hörte.
Zum Glück suchten nicht nur Albträume nachts diesen Winkel
der Stadt heim – immer wieder kehrten, wie ein Chor
von Engeln oder der Erstkommunion, Worte der Rührung
zurück,
heiße Bekenntnisse, die Namen von nahen Menschen,
denen man im Traum nach Jahren wiederbegegnete,
polnische Wörter und ukrainische Seufzer, Wörter so schön,
dass sie, wenn sie jemandem vor die Tür fielen,
ihm ein Segen waren, ihm und der ganzen Welt
für den neuen Morgen.

Dritte Station: Piroggen

O Phantasma, o Imagination!
O Grausen, Gnosis und Hyperbolik!
Lasst mich beschreiben, was dann geschah!
Am Morgen, wenngleich nicht so früh,
wie man meinen sollte,
kehrte der Enkel durch das Miliz-Tor zurück.
Hurtigen Schritts überquerte er den bekannten Hof,
der einst ihm Zeuge süßer Kindheit war,
jetzt aber in Brandresten und Trümmern lag.
Er ging durch Pfützen, Schlamm und schweres Terrain,
wich aus und trat rein, wischte die Schuhe sich ab,
und ein Gedanke führte ihn, Leitstern, stets ihm leuchtender:
die Piroggen. Sie bildeten, seit er denken konnte,
die Grundfesten der Familie, über ihnen fanden verfeindete
Lager zusammen, und um ihretwillen wurde freitags
der himmlische Frieden geschlossen.
Allein die Großmutter verstand sie so zuzubereiten,
dass sie auch im Bekanntenkreis den Ruf
einer ungewöhnlichen Macht genossen.
Man unterschied dabei mehrere Hauptarten,
die jeweils zur Jahreszeit passten
– mehr Haupt- als alle anderen Arten sind
die russischen Piroggen, die sowohl im Winter,
im Frühling, als auch im Herbst munden,
mit Ausnahme einiger Tage im frühen Sommer,
wenn die Zeit der jungen Kartoffel kommt,

die allzu wässrig und deshalb gänzlich ungeeignet ist
zu deren Herstellung. Angesichts all dessen
kochte die Großmutter abwechselnd Piroggen mit Kraut
oder mit Früchten, letztere sehr beliebt gerade bei Kindern,
und von denen gab es immer genug im Haus.
Die mit den Früchten hießen Knödel, im Spätsommer
enthielten sie Pflaumen, wenngleich man sie normalerweise
mit Süß- und Sauerkirschen, Erdbeeren oder Blaubeeren füllte
und das Ganze zur Verbesserung des Geschmacks
mit gezuckerter Sahne dick übergoss,
was sogar Suppenkaspern die Speichelschleusen öffnete.
In die genannten Jahreszeiten fiel auch die Saison
der Krautpiroggen. Eine Abart von ihnen tauchte
an Heiligabend neben Barschtsch und Kröpfchen auf,
tauchte auf wie ein Komet und verschwand ebenso spurlos.
Sehr selten schließlich machte die Großmutter zur Abwechslung
Piroggen mit Fleisch, niemals aber freitags,
des Fastengebotes wegen und der Achtung vor dem Allmächtigen.
So wurde der Freitag zu einem sehr geheiligten Tag
der ganzen Familie, auf ihn fielen alle Beratungen
und Beschlüsse. Der Enkel, geleitet von solchen Erinnerungen,
machte gerade einen Bogen um die größte Pfütze,
die ihm noch aus dem Sozialismus bekannt war und
damals »Scheißenochmal« hieß – so genannt nach den Ausrufen,
die für gewöhnlich ausstieß, wer im Dunkeln von der Arbeit
nach Hause unterwegs war und in sie reintrat.

Doch Halt! Aufgepasst!
Möge der Enkel mit gespreizten Beinen einen Augenblick
über ihr verharren, bis der Leser des letzten Zweifels ledig ist,
der seine schöne Seele bisher bedrängt haben mag.
Schließlich sind wir schon im glücklichen Dritten Jahrtausend,

im einundzwanzigsten Jahrhundert, und der Stammgast
virtueller Grillpartys und Internet-Wurstbuden
wird sich vielleicht vergeblich fragen,
um was es sich bei diesen Piroggen,
von denen die Rede ist, eigentlich wirklich handelt.
Denjenigen gebe ich hier das Rezept,
alle anderen mögen verzeihen und das Buch einen Augenblick
zur Seite legen, denn dass sie ein Buch vor Augen haben
und keinen Flüssigkristallbildschirm, das hoffe ich
im Stillen noch immer. Mögen sie es also beiseitelegen
oder möge hurtig der Kristall plätschern,
während sie diesem Liede weiter lauschen.

Piroggen werden in der Küche gemacht,
auf dem Tisch oder auf einem großflächigen Brett,
auf das man Wolken von Mehl schüttet,
in einem speziellen Farbton zwischen Schneeweiß
und zartem Perlgrau – diese Art Mehl kann man
an geraden Tagen neben dem Miliz-Tor kaufen.
Zunächst einmal heißt es mitten in der Nacht aufstehen,
denn das hier ist eine ernste Sache,
die reichlich Mut und Opferbereitschaft fordert.
Man zieht dazu am besten eine Schürze an,
in der die Ahnen schon Piroggen machten, die älteste
Schürze, die im ganzen Hause sich finden lässt.
Solch ein Kleidungsstück darf niemals für einen anderen Zweck
als für Piroggen benutzt werden, und damit
sie während der Ausführung der Arbeiten nicht abfällt,
sind ihre Schöße mit Hilfe der Sicherheitsnadel zu verbinden,
die in einer vormals deutschen Schachtel liegt,
zweites Schubfach von unten. Das Mehl darf weder zu dunkel
noch zu hell, sondern muss genau richtig sein,

wie wir einmal bereits warnend betonten.
Geschüttet wird es so, dass daraus ganze Hügel,
Landebenen und Kontinente entstehen,
eine von keinem Fuß und keinen Kufen wackerer Schlittenfahrer
je berührte Antarktis. Das Mehl wird so geschüttet,
dass es einen riesigen Berg bildet, einen Berg Sinai
oder Ararat, und in den Gipfel haut man einen Krater,
einen riesigen und außerordentlich gefährlichen,
man braucht nur leicht in ihn hineinzupusten,
schon kommt es zu einer sehr malerischen Eruption,
und der aufgewirbelte Vulkanstaub bedeckt alles umher,
setzt sich auf Tellern ab, auf Töpfen, Haaren und Kleidern.
Wenn der Vulkan ganz fertig ist, schlägt man in seine Mitte
ein Ei hinein und gießt darüber auch noch Wasser.
Die so zubereitete Lava bleibt tückisch an den Fingern kleben
und heftet sich in der Folge an die ganze Kleidung.
Sofort danach beginnt den Ausführenden die Nase
oder etwas in der Nähe zu jucken, und er muss sich kratzen,
Lavaspuren im ganzen Gesicht hinterlassend; das ist normal.
Auf das Kratzen folgt die zweite Phase.
Da gilt es die Ärmel hochkrempeln und den Vulkan zerstören,
also Lavaergüsse und Stauberuptionen provozieren
und die Hände bis zu den Ellbogen einschmaddern,
danach auch die Haare, die ganze Kleidung,
Möbel und Nachbarn. Das nennt man Teigkneten
und ist übrigens die spektakulärste Phase der Arbeit.
Dieses Teiggeschmadder dauert am längsten, verständlich,
denn es ist das wichtigste Element des ganzen Prozesses,
bei dem der Ausführende Gelegenheit hat
zu begleitenden Meditationen über das Leben und seine Existenz.
Der Teig bleibt zuerst an den Fingern kleben,
um dann schließlich die Hände zu großen Pfoten wachsen

zu lassen, ähnlich denen eines Bären oder eines Yeti.
Dann darf man nach Lust und Laune durch die ganze Küche
toben, brüllen und mit den Armen fuchteln,
bis die nächste Phase des Herstellungsprozesses erreicht ist.
In der Zwischenzeit sind auf geheimnisvolle Weise
die Kartoffeln gar gekocht, nachdem sie zuvor von unsichtbarer
Hand geschält, aufgesetzt und gesalzen worden waren.
Auch die Zwiebel war so nett, sich zu häuten,
in Würfel zu schneiden und, ein paar Tränen verdrückend,
in Margarine anzubraten. Zwei Schulen des Zwiebelbratens
gab es: Eine, von der Großmutter vertreten: in Margarine,
und eine andere, von Tante Sydzia propagierte,
der zufolge die Zwiebel in reichlich Öl zu braten sei.
Diese zweite Art war von der Großmutter heftig
als fett und barbarisch geschmäht, und es kam in dieser Frage
häufig zu lebhaften Wortgefechten, Konflikten gar,
bei denen keine der Parteien auch nur einen Fingerbreit
nachgeben wollte und man sich gegenseitig einmal ukrainischen,
dann wieder polnischen Einfluss vorwarf.
Die ganze Familie, mittlings gespalten durch diesen Konflikt,
pflichtete eifrig beiden Köchinnen bei,
lobte mal die andere, dann dagegen ebenso die eine,
um nur bei keiner von beiden in Ungnade zu fallen
und währenddessen schmatzend sowohl die mit Öl,
als auch die mit Margarine begossenen Piroggen zu vertilgen.

Wie bedeutsam die Angelegenheit war,
mögen die Streitereien bezeugen,
die auch beim Backen von Keksen, Mürbegebäck,
Kringeln und auch Butterkeksen entbrannten,
alle von der Großmutter in Butter oder Margarine gebacken,
von der Tante hingegen in einer übermäßigen

– so die Großmutter – Menge Öl, und damit viel zu fett
für den Verzehr in einem katholischen Hause.

Inzwischen aber hat sich in unserer freundlichen Küche
der Quarkkäse brav und gründlich durch den Fleischwolf
drehen lassen, um mit den Kartoffeln, den Zwiebeln,
mit Salz und Pfeffer eine Melange einzugehen
in dem einen und dafür einzig geeigneten grünen Topf,
»Reindel« genannt, der Anno neunzehnvierzig
noch ein bisschen angebrannt war, und dort folgsam
das zu bilden, was in der Wappenforschung
Farce genannt wird. Zur selben Zeit kann man,
wenn es beliebt, schon mit dem Teigrollen beginnen,
wofür ein Rundholz sich eignet, ein ungewöhnlich simples
und geniales Gerät. Wie üblich, wird der Teig zunächst
sich boshaft sträuben, wird festkleben und sich
nach allen Seiten ziehen, doch darf ihm kein Stück
nachgegeben werden; vielmehr ist er zu rollen,
was das Zeug hält. Immer von Neuem mit Mehl bestreut,
wird er sich bald in einen großen, flachen Fladen verwandeln,
aus dem mithilfe eines Glases auf künstlerische Art
Dutzende und Hunderte von Kreisen zu stanzen sind,
die, am Ohr gezogen, schließlich aussehen
wie schlesische Tischtücher. Jetzt gilt es noch,
mit dem Löffel Farce einzufüllen und sie zu schließen,
kleine Piroggen zu kleben für kleine Kinder
und riesengroße, individuelle genannt,
von denen eine für zehn reicht; davon sind hundert,
zweihundert Stück zu kleben, wie das in den besten Zeiten
üblich war, mehr und immer mehr;
kleben, kleben, kleben, sie ordentlich in Reihen legen
wie Bataillone und russische Regimenter,

sodass am Ende sie alle Tische, Platten und Anrichten
bedecken und auf Fensterbrettern und den Betten
auf reinlichen Wischtüchern lagern
wie ein ungeheures, schlafendes Heer.
Jede einzelne Pirogge darf, außer der üblichen Füllung,
die unterschiedlichsten Überraschungen enthalten,
was das Risiko steigert und die Mahlzeiten interessanter macht.
Ist alles geklebt, kann man zum nächsten Teil übergehen,
dem Kneten der sogenannten Kuller nämlich,
einer Bulette aus dem Rest der Füllung
– sind Glück und Erfolg uns hold,
reicht es für mehrere dieser Kullern.
Eine solche Kuller von Hausfrauen Hand ist die schönste Krönung
des Tages, jeder Arbeit Lohn und Frucht aller Mühe,
eine auf der Welt einmalige Speise. Wer nie eine Kuller aß,
der hat vom Leben nicht gekostet.
Inzwischen beginnt das Wasser im Topf zu kochen,
und man kann die Piroggen hineinwerfen,
sie wieder herausnehmen und mit Fett in der Menge
übergießen, dass sie nicht im Reindel verkleben, nicht zuviel,
so wie es manchen passiert, die sich bei der Gelegenheit
ihr ganzes Werk verderben. Und danach heißt es – essen.
Essen muss man so viele Piroggen, wie man Jahre zählt,
da helfen keine Ausflüchte. So aß man hier,
doch nirgendwo anders. So aß man hier das Mahl der Armen,
der Piroggen Fastenmahl, während ganz Polen weit und breit
längst anders aß, erlesener und gesünder,
um Himmelsweiten reichere und bessere Delikatessen,
Wurst vom Grill zum Beispiel, gründlich verkohlt
mit Hilfe von Benzin, das auf die Holzkohle gegossen wurde,
damit die Flamme ordentlich lodert;
später kamen in den Restaurants die weichen und süßen

Pommes an die Macht, zubereitet aus welken Kartoffeln,
denen dieses Gericht seinen scheußlichen Beigeschmack
und seine plastische Form verdankt;
erwähnen wollen wir schließlich auch die berühmte
Baguette überbacken, Königin der Busbahnhöfe,
die sich im Plastikbeutel jederzeit erhitzen lässt;
und noch die Hotdogs aus mehliger Brühwurst;
und die Pizza à la Polska, eine an die heimischen
Verhältnisse adaptierte Version der italienischen Pizza,
ohne Tomaten, ohne Käse, ohne Oliven, ohne Kräuter und
Knoblauch;
und schließlich der vollendete Hamburger, ein Wunderwerk
aus prachtvoll gedunsener Semmel, ohne Zusatz
von Mehl hergestellt; gestopft mit einer Mehrweg-Einlage
aus gemahlenem Übersee-Vieh, frei von freien Radikalen
und Rinderwahn, auch wenn Form und Ausdruck der Semmel
das Gegenteil nahelegten. Zum Nachspülen Fanta, Sprite
oder Cola: Wunder der Technik, phantastische Getränke,
nach deren Genuss enorme Lebhaftigkeit Körper und Geist
erfasste,
verdoppelte Energie den Schädel durchtobte
wie eine leere große Halle, auf der Suche nach dem Ausgang,
und, war er endlich gefunden, in Form eines Gas-Geysirs
aus der Nase entwich, mit ungeheurem Zischen oder ähnlichem,
dem Ohr überaus liebreichen Geräusch, von dem das Auge feucht
und das Haar grau wurde – so sagte der Körper seinem Geist adé,
dieser Spiritus movens unserer neuen Zeiten.
(Besser gegessen wurde auch bereits auf dem Lande,
dem schlesischen besonders, denn die Küche dieses Landstrichs
ist in aller Welt bekannt und bewundert dafür,
dass sie tschechische Eleganz mit deutschem Temperament
ungemein erfolgreich verbindet).

Doch zurück zu unserem Enkel, gestatten wir ihm endlich,
das Wasserloch Scheißenochmal zu überspringen,
über dem er schon etwa zehn Minuten sinnierte
und dumme Bemerkungen vorübergehender Kinder
und alter Frauen provozierte. Möge er weitergehen,
möge wieder die schrecklich alte Pforte öffnen
und durch den Garten auf die Veranda,
von dort in die Küche gehen.
Möge er Guten Tag sagen, sich setzen und essen,
endlich essen möge er, deshalb ist er doch so gerannt,
bestimmt ist er hungrig nach diesen dreihundert Metern,
schrecklich hungrig, da seit dem Frühstück schon
dreißig Minuten vergangen sind, und hinzu kommt,
dass er heute um zehn Uhr aufgestanden ist,
er hat sich zusammengerissen und ist aufgestanden,
manchmal ist er eben doch zu Heldentaten fähig,
manchmal ist er ein Mann.
Was für ein Frühstück hat er da auch essen können,
wenn er nicht mal Brot schneiden kann, gut auch,
dass er das nicht probiert hat,
sonst wäre er jetzt mit abgeschnittenen Fingern gekommen,
und wie isst man Piroggen mit Stümpfen?
Gewiss hat er auch gestern beim Abendbrot nichts gegessen
und kommt hier schrecklich hungrig an, in höchster Not,
möge er essen, zuerst die Suppe
und dann einunddreißig Piroggen,
denn so viele Lenze zählt er.

Doch kaum hatte er zu essen begonnen,
ging schon die Tür auf und Tante Sydzia trat ein,
leider ohne den Priester, den sie beherbergen sollte,
denn der war gerade in großer Eile nach Neiße abgereist.

Die Sache aber war nach wie vor wichtig,
man sammelte Geld für die Renovierung und Eröffnung
der Gemeinde Gliniany. Mit dieser Mission nun
wurde der Herr Enkel betraut.
Es galt nämlich, möglichst viel Geld für diesen
festlichen Anlass zu sammeln, auch Menschen guten Willens,
am besten Landsleute, die dort wohnten,
bevor sie restlos ausstürben,
was schon bald der Fall sein könnte,
da ihr Altersdurchschnitt weit über achtzig lag,
dabei gab es auch solche, die durch die ganze Unbill
des Krieges, durch konspirative Gewohnheit und die
berüchtigte kommunistische Erfolgspropaganda längst
den Überblick über ihre Jahre verloren hatten und die Zeit
in eine Epoche vor Piłsudski und eine nach Piłsudski einteilten,
oder auch vor und nach Franz Josef,
was viel beliebter war als die heute übliche Einteilung
in vor und nach der Geldabwertung.
Diese Geldabwertung war es auch,
die dem Enkel als größtes und schwierigstes Hindernis
bei der ganzen Sache erschien.
Wenngleich schon vor zwölf Jahren durchgeführt
und in Polen längst vergessen,
hatte sie hier eine recht eigenwillige Wendung genommen,
und während ganz Polen schon nach neuer Façon zählte,
gemäß dem Nennwert der heutigen Banknoten,
herrschte in diesem Mietshaus ein anderes Gesetz.
Seine Bewohner benutzten einfach die alten Definitionen
für Beträge, mit deren Umlauf sie in Berührung kamen,
und ließen das Wort »tausend« weg.
Zehn Złoty, vor der Abwertung einhunderttausend,
waren in ihrer Terminologie einfach ein Hunderter.

Denkt man in dieser Richtung weiter,
kommt man leicht darauf, dass fünfzig Złoty für sie fünfhundert,
das heißt fünf Millionen vor der Abwertung waren,
die echten fünfhundert Złoty dagegen wurden
der Einfachheit halber von allen weiterhin fünfhundert genannt,
und die Münzen wurden zu ihrem Nennwert genommen,
das heißt fünf Złoty ergaben, obwohl vor der Abwertung
fünfzigtausend, weiterhin nur immer noch fünf.
Das gab oft Anlass zu großen Dramen, wenn auf die Frage,
wie hoch die Gasrechnung sei, die Antwort zweihundert
Złoty lautete, obwohl es meist nur um zwanzig ging,
und erst später die scharfen Mahnungen des garstigen Gaswerks
auf Rechnungsbegleichung eintrafen. Deshalb auch
verlor der Enkel, wenn bisweilen die Großmutter zum Einkaufen
ihn schickte, sich restlos in diesen Berechnungen,
zumal er mit der Arithmetik immer auf Kriegsfuß stand und
mehr Restgeld nach Hause brachte, als er mitgenommen hatte.
Genau das war die größte Klippe, denn die Spender gaben
ziemlich viel für das hehre Ziel des Wiederaufbaus der Gemeinde,
nur wusste niemand, wie viel Geld in der Kasse war,
denn die von Tante Sydzia genannte Summe wurde einmal
nach alter Art, dann wieder nach neuer und fast immer
auf ganz eigene Weise errechnet, was den Sachverhalt
jedes Mal erheblich veränderte. Dazu kam als Problem
noch die Größe der Münzen, denn von geschickten Betrügern
absichtlich so entworfen, waren sie zu klein für Personen
dieses Alters, die ein Zwei-Złoty-Stück nicht von
fünf Złoty unterscheiden konnten, ganz zu schweigen
von der Masse der Groschy, die nicht nur unlesbar waren,
sondern sich auch überhaupt nie finden ließen,
weder in den Taschen noch im Portemonnaie,
wegen ihrer mikroskopischen Ausdehnung in Länge und Breite.

Wie viel also wirklich in der Kasse war,
wussten eventuell Alle Heiligen.

Und kaum hatte die Tante Luft geholt,
um endlich auf die wichtigste Sache zu kommen,
ging die Tür auf und der Reihe nach schritten herein
alle Geladenen, die Schar der Enkel an der Spitze.
Da war die erste Enkelin, die der Enkel sehr mochte
und die auch Liebnot genannt wurde wegen ihrer
ständigen Kalamitäten, von denen alle betroffen waren,
die sich in ihrer näheren Umgebung befanden.
Am meisten aber litt sie immer selbst,
und ihre gesammelten Schadensfälle brachten ihr Weltruhm ein.
Schon als Kind war sie berühmt für ihre einfach
erstaunliche motorische Begabung,
mit der sie fürchterliche Katastrophen verursachte.
Diese Unpässlichkeit verlor sich nicht mit dem Alter,
im Gegenteil, die kleinsten Unfälle wuchsen zu
unheilvollen Kataklysmen sich aus.
Als Kind hatte sie einmal in Abwesenheit von Großmutter
und Eltern Wein aus einer Flasche auf dem Tisch getrunken,
damit erklärte man sich ihr heikles Gebrechen.
Danach begann ihre schwarze Serie: der Reihe nach
zerschlug sie Gläser, Teller, stürzte auf der Treppe,
im Flur und in der Küche, im Bad und auf der Toilette,
stieß sich den Kopf im Auto, in der Kirche
und wo man sich nur stoßen konnte,
auch an dafür völlig ungeeigneten Orten.
Sie hatte Verkehrsunfälle und gefährdete das Leben
und die Gesundheit ihrer Nächsten, aber all das tat sie
auf ganz reizende Weise. Bekannt waren Geschichten,
da sie zu Gast bei Freunden, die sich ihres neuen

überseeischen Hauses im Besseren Europa freuten,
dieses Haus unwillentlich in Brand steckte;
da sie vom Dachboden fiel;
mit dem eigenen Fahrrad zusammenstieß;
von einem Hund davongetragen wurde,
den sie selbst an der Leine führte, und viele
ähnliche, von denen man lange erzählen könnte.
So wundert es nicht, dass bei ihrem Anblick Teller,
Gläser und Tassen sogleich beiseitegeschoben
und das umliegende Besteck eingesammelt wurde,
aus Sorge um die eigene Gesundheit und die der Gäste.
Diese Vorsichtsmaßnahmen der Älteren waren jedoch,
wie sich herausstellte, übertrieben,
denn die Cousine setzte sich so geschickt,
dass sie nicht nur nichts umstieß,
sondern sogar eifrig beim Auftun der Piroggen half
und beim Einschenken des Tees für die Gäste,
wobei sie dem Enkel im Überschwang vier Löffel Zucker
aufstreute, wovon er nachher furchtbares Sodbrennen bekam,
das ihn bis zum folgenden Tag nicht schlafen ließ.
Gleich nach der Cousine traten auch ihre Brüder ein,
der größere, schon im Mannesalter, und der kleinere,
Objekt der ständigen großmütterlichen Fürsorge,
war er doch deutlich behindert in einer Fähigkeit,
auf die Großmutter seit jeher ein besonderes Auge hatte:
das Essen. Wie viele Bitten, Drohungen, schlaflose Nächte,
gutes Zureden und Schliche waren bei ihm vergebens gewesen!
Märchen vom Schornsteinfeger, der ihn in den Sack steckt,
spezielle Grütze aus Manna, Buchweizen und Quark!
Lieber als Grütze mochte das bockige Kind Kaugummi,
lieber als Kompott aus Zwetschgen, Stachelbeeren
und Johannisbeeren Coca-Cola mit Chips.

O Grauen! O allerreinste Jungfrau!
Die Folgen waren mit bloßem Auge zu erkennen –
der Suppenkasper war mager, blass, gedankenverloren,
durch die Haut hindurch war seine ganze innere Ausstattung
zu sehen, auch jegliche melancholische Phantasie,
die in dem Kinde schlummerte. In einem bestimmten
Lebensabschnitt
trug er zudem ein spezielles Gerät zur Bisskorrektur,
mit der Folge, dass Großmutters schlimmste Befürchtungen
wahr wurden. Ach, dieses Essen! Wenn nur alle so äßen,
wie sie sollten! Wie viel Unheil könnte abgewendet werden
von Polen und der Welt! Wie oft steckte die Großmutter,
um das Los ihrer Enkel zu lindern,
ihnen heimlich ein Würstchen in die Tasche, ein Ei,
Butter in den Rucksack, einen Räucherfisch
zwischen die Hefte im Tornister, Eierkuchen
mit Marmelade zwischen die Notizzettel.
Wie oft fanden sie Monate später in ihren Taschen
Käse in Tausenden Farben, von inzwischen recht lockerer
Konsistenz, oder aber ein vor einer Woche verfaultes Ei,
das sich der Welt in den passendsten und unpassendsten
Momenten zu erkennen gab, im Bus zum Beispiel,
im Gedränge, im Berufsverkehr? Alles verging,
alles war im Wandel, ewig unverändert blieb einzig
Großmutters Wille zur Speisung der Welt.
Deshalb arbeitete sie jetzt, zum heiligen Freitag,
mit doppelter Energie, mit dreifacher Macht.
Denn Piroggen aßen alle, bei Piroggen redete niemand
sich heraus. Gleich nach den Cousins trat der Onkel ein,
der mit der Großmutter zusammen wohnte
und außer für seine gewöhnlichen Vorlieben
für eine herausragende Phantasie bekannt war.

Großmutters Lieblingssohn und vielseitig begabt mit Talent,
Intelligenz und Boshaftigkeit, hatte er durch seine Laster
ebenso viel verspielt und führte ein häusliches Leben,
hing phantastischen Visionen nach, vollbrachte wahnwitzige
Taten und dozierte vor neuen Bekanntschaften am Einkaufsladen,
womit er der Großmutter furchtbaren Kummer und Leid
bereitete.
Von da an wuchs ihr Gefühl, das Schicksal der Welt
sei bereits besiegelt und alles, was die Prophezeiungen
besagten, werde eintreten in Bälde und ihr als alter Frau
werde es nicht erspart bleiben, die Katastrophe mitzuerleben,
es sei denn der liebe Gott würde sich erbarmen
und die Herzen der verlorenen Kinder verwandeln
oder aber sie selbst zu sich nehmen, bevor die Strafe käme.
Und als alle versammelt waren, kam endlich die Tante zur Sache.
Es werde jemand gebraucht, der willens sei auszuziehen,
die Familie, die durch unbilliges Schicksal über alle Welt,
über Polen und die Wojewodschaften verstreut war,
zu sammeln um des einzigen und gemeinsamen Zieles willen,
nach Gliniany und Zadwórze zu fahren,
der Heimat von Großmutter und Tante,
um dort die Gemeinde und die Kirche zu retten,
am Maien-Gottesdienst teilzunehmen und schließlich,
was nicht der geringste Grund war,
sich mit der Großmutter zu treffen, denn wer konnte wissen,
ob es dazu in unsicheren Zeiten überhaupt noch
Gelegenheit geben würde. Eine Aufgabe für Heroen:
nicht nur, dass die Familie über dreihundert Mitglieder zählte,
verstreut über den ganzen Globus;
man musste sich zudem mit ihnen unterhalten,
was in Kenntnis ihrer Charaktere eine Herausforderung
für den wahren Jason, Herkules, Asterix und Kloss

unserer Zeiten war. Sollte aber die Mission ruhmreich glücken
und der Wagemutige bei vollem Verstand heimkehren von ihr,
so harrten seiner Ruhm und Ehre. Zur Gemeindefeier nämlich
hatte die Tante vor, die Präsidenten von Polen und der Ukraine
nach Gliniany einzuladen, damit sie das Versöhnungswerk
schauten und, gleichsam als Symbole der beiden Bruderländer,
die durch Einwirkung dritter Kräfte, teuflischer,
moskalischer und sonstiger Einflüsterungen so heftig
miteinander zerstritten und geschieden worden waren,
wieder zueinander finden und erneut einen Bund eingehen
könnten.
Eine Art mystischer Ehe wäre diese Feier, eine Völkerhochzeit,
Erfüllung der Prophezeiung der Heiligen Kinga, Kleopatra
und des Alten Wernyhora, der vielleicht wieder zu diesem
Kreis stoßen und dem Auserwählten ein Goldenes Horn
oder eine Schalmei überreichen wollte,
mit deren Hilfe die verlorenen Völker zur Herde
zurückzulocken wären und dem Geist von Unternehmertum
und Selbstverwaltung Flügel wachsen würden.
Und wenn diese Sache dann noch mit dem Besuch
des Papstes zusammenfallen könnte,
den dieser gerade fürs Frühjahr in der Ukraine plante,
so würde es dort ganz gewiss zu einem Wunder der Einheit
und gänzlichen Erneuerung der Welt kommen.
Wen aber zum Emissär dieser frohen Botschaft machen?
Zum Marathonläufer mit der olympischen Flamme von Freiheit
und grenzüberschreitendem Handel?
Gebraucht wurde ein Mensch von makellosem Ruf,
ein Riese, der das Volk wie Moses führen oder wie Czarniecki
den Untergehenden zu Hilfe eilen würde,
ein Gigantenmensch mit großem Kopf und eines Heros Körper,
doch dem reinen Sinn eines Kindes, durch nichts getrübt

und unfähig zum Verrat, auch nicht für Geld und Leckereien.
Und aus welchen Gründen auch immer, vielleicht
aus übernatürlichem Wissen oder Intuition,
ruhten die Blicke der Versammelten bald auf dem Enkel,
der gerade nichtsahnend dabei war,
mit dem Zeigefinger im linken Nasenloch zu bohren.
Als er aber die Blicke auf sich spürte,
fuhr er hoch und lief mit dem Ruf »Ich gehe!«
rasch auf die Veranda hinaus. So musste man ihn fangen,
ihn bremsen und zu sich bringen, und die Cousine
reichte ihm frischen, doppelt gesalzenen Tee,
das beste Mittel gegen Ohnmacht.
Sogleich wurde auch darüber beraten, wohin er zuerst fahren,
und welchen Teil der Familie er zuerst aufsuchen solle.
Es kam zu Tumult und Aufruhr, die Tante gab am lautesten
ihre Meinung kund, und wegen ihrer Taubheit
schrie sie mit schrecklicher Stimme,
er solle zuerst nach Prudnik fahren.
Worauf der Rest der Enkel und Onkel die Gelegenheit nutzten,
ihre Mäuler aufzureißen, und sogleich ihre Meinungen
und Wünsche verkündeten. »Wohin!? Finger weg!
Drängt euch nicht auf, wo man euch nicht will!
Dort haben wir gerade noch gefehlt!« –
begann der Onkel sogleich. »Dort warten sie nur auf uns,
da wimmelt es von Bandera-Leuten! Still sitzen, nicht fahren!
Sie ermorden uns alle! Vergiften uns mit Wodka,
noch ehe wir ankommen!« Worauf einer der Enkel,
der verständigere gewiss, zurückschrie:
»Fahren, die Kasse nehmen und fahren,
aber nicht in die Richtung! Wozu das schöne Geld verschwenden?
Nach Europa fahren, nach Westen, in den Westen,
nicht in Sumpf, Dreck, Gestank und Armut!«

Sofort ließen andere Stimmen sich hören:
»Oh, Mallorca, die Kanaren – dorthin fahren,
die Fjorde besuchen, Amsterdam, auch Korfu
soll eine Reise wert sein, Zypern und Tunesien!«
»Nach Afrika fahren, auf eine Safari besser,
Elefanten sehen, Elefanten! Der Elefant, das ist erst was!
Meine Freundin hat einen gesehen,
sie wird euch Fotos zeigen.
Oder eine Giraffe vielleicht? Auf Safari!
Aber nicht nach Osten, nein, um Gottes willen
nicht nach Osten! Schlechte Ernährung, kein Netz.«
Indes rief der Enkel, der gerade das geeignete Niveau
innerer Vibrationen erreicht hatte, laut, über die Menge hinweg,
mit dem Löffel in Richtung Ausgang fuchtelnd:
»Auf geht's! Lemberg zurückerobern!
Lasst uns alle fahren! Lemberg zurückerobern!
Vertreiben! Lemberg ist unser! Wir kaufen die Zöllner,
kaufen die Polizei, kaufen die Stadtverwaltung,
und sie werden uns Lemberg zurückgeben, ha!
Auf unblutige Art! Von allein werden sie es uns zurückgeben!
Ha! Da guckst du! Und dann hauen wir wieder ab!«
Doch niemand hörte ihm zu, denn immerzu wurde gerufen:
»Den Elefanten! Union mit dem Nashorn!«,
die jüngeren Anwesenden dagegen waren ganz damit beschäftigt,
SMSs zu verschicken und in die Handytasten zu tippen,
sie begriffen die Tragweite des Geschehens nicht.
Schon schien es, als sollten in diesem Tohuwabohu
alle guten Absichten untergehen, die der Enkel bisher gehegt,
da geschah etwas sehr Seltsames.
Und zwar meldete sich auf einmal die uralte Uhr,
die im Zimmer stand, und schlug halb zwölf,
so vernehmlich und rein, dass alle, zutiefst ergriffen,

verstummten, und die Furchtsameren sogar ihre Mützen zogen.
Eine ziemlich entsetzliche Stille trat ein,
die allen Versammelten noch vier Minuten lang
in den Ohren hallte. Diese Uhr war Zeuge vieler Vorfälle gewesen,
und die Legende besagte, dass sie hier seit über hundert
Jahren stand. Sie hatte geläutet, als im tiefsten Winter
wie ein Schneesturm von Osten die Rote Armada sich näherte,
brandschatzend und zerstörend, vergewaltigend und raubend,
Spiritus aus sämtlichen Gläsern saufend, Seife, Stärke
und Formalin verzehrend, als der deutsche Stadtkommandant
im tiefsten Winter die Evakuierung der Familie Peters befahl,
die hier zuvor gewohnt hatte und deren angefangene Suppe
noch auf dem Tisch stand, als die Großmutter unter Tränen
hier einzog. Damals schlug diese Uhr Alarm,
läutete zum Abschied, denn die unglücklichen Peters
sind bestimmt unterwegs erfroren und gemeinsam
ins süße Reich eingegangen. Später dann wurde diese Uhr,
die die Rotarmisten wie durch ein Wunder überlebt hatte,
von ihren neuen Herren gebührend gepflegt
und war bei den großen Momenten des Geschlechts zugegen,
läutete zu jedem bedeutenden Anlass, schlug die Stunden
und halben Stunden, ließ das Glastürchen zittern,
wenn man vorüberging, wenn wieder einmal ein krabbelndes Kind
mit dem Kopf dagegenschlug, also zuerst Janusz, Renia,
Tadek, Marysia und Wiesiu, Tomek, Magda, Irek und Sylwia,
dann Maciek, Grzesiek und die kleineren,
schließlich auch jene, die von der Arbeit
oder auch von diversen Abenteuern zurückkehrten
auf mehr als zwei Extremitäten. Seltsame Zeichen
trug diese Uhr, sie zeugten allesamt von alter Ehrwürdigkeit.
So erkennt man zum Beispiel bei näherem Hinsehen,

dass die Ziffern sieben und acht von geschickter Hand
nachgemalt wurden, nachdem sie bei dem Versuch,
das Zifferblatt bei den großen Reparaturen dreißig Jahre
nach dem Krieg zu säubern, unachtsam ausgewischt worden
waren;
doch all das – Welt- und Jaruzelski-Kriege –
hatte die stolze Uhr überstanden wie ein feste Burg.
Und als sie jetzt schlug, trat Stille ein
unter den verängstigten Gästen, den jungen besonders,
sie waren solche Signale nicht gewohnt.
Alle verstummten und schauten furchtsam im Zimmer umher.
Nur einer, ein einziger der Bewohner erschrak nicht,
ganz im Gegenteil, wütenden Schritts ging er daran,
die Uhr zu demontieren und murmelte dabei unanständige
Kommentare in seinen Bart. Das war der Onkel.
Ihn ärgerte das Schlagen der Glocke ganz ungemein,
denn diese Schwingungen führten bei ihm, wie er erklärte,
zu Verschiebungen der inneren Organe, für ihn selbst
ganz unvorhersehbar. Besonders der Magen nehme,
wie er allen erklärte, nach langen Wanderungen den Platz ein,
den bisher die Zunge innehatte – diese wiederum ziehe sich
in Richtung Leber zurück, suche sie hoffnungslos
und bleibe an der Stelle der Milz stehen.
Diese wiederum wandere einsam und langsam bis in
die Speiseröhre, die jedoch schon von anderen Teilen besetzt sei,
hauptsächlich den Wurmfortsätzen. Die Fortsätze versteckten
sich dabei so gut, dass man sie eine Woche lang
nicht finden könne. So geschah es besonders an jenen Morgen,
an denen unser Onkel den sogenannten Kater hatte,
also an Werktagen, freien Sonnabenden, mittwochs, feiertags
und mittwochs. Jedes Wehwehchen, das unseren Onkel
an diesen Tagen traf, trieb ihn zum Wahnsinn,

der wiederum zu Verzweiflungstaten, zumal der kleine Laden
um die Ecke noch immer Bier vom Typ Kreisel
für einen Złoty zwanzig im Angebot hatte.
Dem geneigten Leser braucht man dabei nicht lange zu erklären,
wie viel Kummer das alles der Großmutter bereitete,
die in diesem ehrwürdigen Alter von solchem Unglück
betroffen war. Der Onkel begann also, die Uhr zu demontieren,
indem er erst die schweren Gewichte abnahm,
von denen das schwerere für das ihm so verhasste
Läuten verantwortlich war. Zu allem Übel demontierte er auch
das Pendel, also offen gesagt, das Herz der Uhr –
das leichteste Teil vielleicht, aber von unschätzbarem Wert.
Nach vollendeter Tat drehte er sich um
und sagte zu allen Versammelten: »Nehmt sie bloß gleich mit,
wenn sie euch gefällt, sonst habe ich auf Anhieb fünf Käufer
dafür in der Unterführung«, und allen war klar,
dass diese Worte nicht in den Wind gesprochen waren.
Die Enkel redeten ihm gut zu, er möge warten,
das sei keine leichte Sache, morgen könne ein Auto kommen
und jemand werde die Uhr wirklich abholen.
Großmutter indes nutzte die Verwirrung und zog den Enkel
aus der Küche ins Zimmer, was ihr unauffällig gelang,
weil die Mehrheit damit beschäftigt war,
die Piroggen aufzusammeln, die vom Teller der Cousine mitten
auf den Boden gefallen waren;
dort machte die Großmutter ihn im strengsten Vertrauen
mit den weiteren Schritten des Projekts bekannt.

Vierte Station: Die Expedition

Abseits vom Getöse erklärte die Großmutter ihm nun,
welcher Ereignisse Zeuge er war. Demnach galt es,
sobald wie möglich aufzubrechen,
bevor die vorhergesehenen Katastrophen eintraten,
und zu retten, was vor dem Untergang noch zu retten war.
Als Allererstes war die Uhr in Sicherheit zu bringen,
und zwar noch heute, ehe sie in fremde Hände fiel.
Diese Sache war ungeheuer wichtig, denn die Uhr
war seit Jahren Gegenstand von Streitigkeiten
in der ganzen Familie. Gerüchte kursierten,
sie sei ungefähr einhundert Millionen wert,
und mehrmals hatte man schon auf ihren Verkauf gedrungen,
so wie auf den Verkauf anderer wertvoller,
vormals deutscher Exponate; am bekanntesten war der Fall
der drei wunderschönen Kristallkrüge in Tiefblau,
Rubinrot und Smaragdgrün, die unter den drei Geschwistern
aufgeteilt wurden. Die Uhr jedoch war eine singuläre
und völlig, geradezu definitiv unteilbare Form.
Der Enkel stimmte also zu, zumal er die Uhr auch
gebrauchen konnte, richtete er sich doch gerade
auf dem leeren Dachboden eines Mietshauses ein
und besaß keinerlei Möbel und erst recht keine Uhr,
nicht einmal am Arm. Die zweite Sache war ähnlich gelagert.
Und zwar wollte die Großmutter, dass der Enkel
auf die Mission zur Sammlung der Familie und der Menschen
guten Willens einen Ringkragen mitnehme,

den Großmutter noch aus Żeniów her hatte
und der ihren Bruder, Onkel Staszek, begleitete,
als der im Krieg nach Sibirien verbannt wurde.
Hunger und Kälte waren so furchtbar,
dass die Menschen ringsum stehenden Fußes starben,
er aber kam nach einem Jahr heil nach Hause.
Später wurde dieser Ringkragen, der einen großen gekrönten
Adler zeigte, der die Madonna auf der Brust trug,
in den Klauen dagegen eine Schärfe mit dem eingravierten Satz
»Königin von Polen, Bete für uns!«,
in der Laube im Schrebergarten, auch »Bude« genannt,
aufgehängt und spielte dort seine besondere Rolle,
als die Zeit des Engels des Herren kam und Großmutter,
die die Hälfte ihres Lebens über den Beeten, Büschen
und Bäumchen im Schrebergarten verbracht hatte,
vor ihm betete. Doch was hilft's, die Zeit verging,
und die Großmutter ging trotz bester Absichten immer seltener
prüfen, was sie gepflanzt hatte, bis schließlich der Onkel
samt Bude und Gerätschaften alles vor Kurzem verkaufte.
Großmutter wollte gleichwohl, dass die wertvollsten
Dinge gerettet würden und vor der Übernahme durch
die neuen Besitzer wenigstens der Ringkragen weggeholt werde,
auf dass er den Enkel bei dieser ach so gefährlichen Expedition
begleite und schütze. Zum Aufbruch war es allerheiligste Zeit,
das besagten sämtliche Zeichen im Fernsehen und auf Erden.
Was die Großmutter in letzter Zeit im Sejm und in der Tagesschau
sah, erfüllte sie mit düstersten Ahnungen.
Zum Glück ging es in ihren Träumen heiterer zu –
kürzlich, sagte Großmutter, habe sie geträumt,
jemand sei über den Dachboden gelaufen und die Bohlen
hätten gequietscht, und man habe die Melodie gehört,
die ihre ältere Schwester Hela immer sang,

und Großmutter habe gleich an die baldige Begegnung gedacht,
obwohl Hela schon vor zehn Jahren gestorben sei.
Gestern dagegen hatte sie einen prophetischen Traum,
sie sah ein unbekanntes Haus mit Garten,
ging durch die Tür und traf auf der Veranda ihren Staszek,
ihren Ehemann, den Großvater ihres Enkels, Opa den Lokführer,
der seit gut dreißig Jahren tot war, ein sehr schöner Mann.
Und im Garten des Hauses spielten ihre drei kleinen Töchter,
die ebenfalls vor Jahren gestorben waren.
Ihr Mann habe dabei auf das Haus, den Garten und die Umgebung
gezeigt und gesagt: »Hier ist es, weiter fahren wir nicht.
Hier werden wir wohnen.« Nach diesen Worten brach Großmutter
in Tränen aus, wischte sie aber rasch beschämt ab
und umarmte den Enkel zur weiteren Reise.
Dann setzte sie sich, nahm den Rosenkranz
und blickte durch Tränen in den Garten, verharrte so,
traurig lächelnd, die einzig lebende Großmutter
für den Enkel, die letzte, die solche Piroggen buk.

Mit diesem Segen versehen, trat der Enkel, unbemerkt
von den anderen, über die Veranda in den Garten,
in dem sich schon erste schüchterne Fortschritte
des Frühlings zeigten. Ach, dieser Garten!
Ohne Sinn und Verstand, weites Feld und Wald dem Kind,
für den Erwachsenen ein enges Eckchen! Eine Welt für sich!
Auf der einen Seite das Königreich der Blattläuse,
träge Erde unter dem vom rechten Alter arg gekrümmten
und ergrauten Augustapfel, wo langsam schon das Gras keimt,
in dem bald die gefallenen Äpfel so wunderschön faulen
und bis an ihr Ende tapfer verwurmen würden.

Ein Geruch wird dabei in der Luft liegen, so stark,
dass diese Frühlingserinnerung dem Kind ein Leben lang
nicht vergeht. Ringsum Sträucher roter Johannisbeeren,
auf denen riesige Schnecken hin- und herkriechen,
dann schwarze Johannisbeeren, die anfangs stinken
und aus diesem Grunde von allen Kindern lange verschmäht werden,
mit dem Alter jedoch immer mehr vom Enkel geliebt und gesucht,
um in der Sommerhitparade schließlich auf den verdienten
ersten Platz vorzurücken, so wie es auch mit anderen Dingen
geschehen ist, die wir als Kinder nicht riechen konnten
und die jetzt zu Leckerbissen geworden sind, liebe Damen und Herren.
Am anderen Ende hingegen der Maschendrahtzaun, stark verrostet,
mit einer Pforte und einem überaus sinnigen Schloss,
an dem etwas zwergenhafte und schon seit Jahren verwilderte
Stachelbeersträucher wachsen, die kleine und haarige,
dafür aber sehr süße Früchte tragen. Auch diese
waren ihrer Haarigkeit wegen vom Enkel lange wenig geschätzt
und erleben doch jetzt ihre besten Tage,
wieder ein Beweis für das allgemeine Gesetz,
dass erst mit dem Alter das Haarige Reiz
und Geschmack gewinnt (meine lieben Damen und Herren).
Ein schmaler Pfad teilte das Grundstück in zwei Hälften,
an den Rändern meist gesetzte Pfingstrosen,
Blumen von seltener Schönheit, doch gerade mal im Frühling
eine Woche lang zu bewundern,
danach fallen ihre Blätter vollständig ab.
Den Pfad entlang zogen sich die Siedlungen kleiner
und schwarzer Ameisen, die dieses Gebiet so zahlreich bewohnen.
Das liebe und arbeitsame Völkchen war seit Langem

Gegenstand spezieller Forschungen des Enkels, der festgestellt
hatte, dass ihre Gesellschaft Modell und Zerrspiegel
der menschlichen ist. Sie dienten ihm oft als Orakel der Zukunft,
wenn er etwa sein Studienfach wählen oder einkaufen gehen
sollte.

Er bemerkte nicht selten, dass die kleinen Wesen
Nutzen aus der Ausbeutung der Blattläuse zogen,
die sich auf dem Augustapfel und in den Kirschen dicht am Zaun,
gleich an Tante Sydonas Seite, breitgemacht hatten.
Die Ameisen erkletterten also fleißig den großen Baum
und seine Äste, um dort auf den fernsten Blättern noch,
bisweilen unter hohem Risiko, zum Beispiel kopfüber hängend,
ihrer eigenartigen Sucht zu frönen und aus den Blattläusen
einen seltsamen, hochprozentigen Saft zu saugen,
den diese mithilfe ihres hinteren, erheblich
ausgedehnten Körperteils produzierten. Diese Lebensweise,
auch von der hiesigen Bevölkerung sehr gern praktiziert,
war bei den schwarzen Ameisen äußerst beliebt.
Wie viel Zeit verbrachte der Enkel in der Hocke,
besonders im Frühling, mit der fleißigen Observation
der Ameisensitten! Er sah, wie sie ins Ungewisse aufbrachen,
auf der Suche nach dem Weißichwas, wie sie Müll
in ihre Löcher trugen, Blätter und Zweiglein,
manchmal so riesig, dass eine Ameise sie kaum
auf ihren Schultern schleppen konnte.
Er sah, wie sie Kämpfe mit größeren Insekten ausfochten,
wie eine große Schar von ihnen aus dem Hinterhalt
über riesige Raupen, Bewohner eher des Westens,
und über Panzerkäfer herfiel. Bisweilen zeichnete der Enkel,
zutiefst durchdrungen von den Ideen der Aufklärung,
der Zivilisation und Demokratie, mit dem Stock
eine Demarkationslinie in den Sand, die zu übertreten er

den Ameisen per Ukas strengstens verbat.
Die allerdings, ungehorsam, betrieben offenen Schmuggel,
überschritten die Grenze mutwillig an vielen Stellen,
verletzten so die territoriale Unantastbarkeit der Nachbarländer
und trugen mal ein in der Nähe gefundenes Mückenbein,
mal einen leeren Schmetterlingskokon unverzollt hinüber,
um dann wieder auf die Suche nach Blattläusen zu gehen
und im Zickzack, jedem Gesetz und Verbot hohnlachend,
heimzukehren. Derart ungehorsame Ameisen ermahnte der Enkel
ausdrücklich dreimal verbal, wenn aber auch das keine Wirkung
zeitigte und die Ameise nicht nur keine Reue zeigte,
sondern auch noch stur die Begriffsstutzige spielte,
sich taub stellte und ihre Freveltaten fortsetzte,
sah sich der Enkel gezwungen, solch eine Ameise bedauernd
mithilfe des Stocks zu liquidieren.
Das abschreckende Beispiel ließ, o Graus, die Genossinnen
völlig kalt, sie flohen, wenn sie auf den verdrehten
Leib stießen, nicht nur nicht Hals über Kopf in ihre Grenzen
zurück, sondern umgingen den Leichnam gleichgültig
und zogen perfide weiter. Bald war die Zahl der Opfer
des illegalen Grenzübertritts in die Hunderte gestiegen
und ließ bei dem Enkel schon unklare Zweifel an der Wirksamkeit
der Zivilisation als solcher in Bezug auf gewöhnliche Debile
aufkommen, zu denen die erwähnten Ameisen ganz zweifelsohne
gehören mussten. Da das mit diesen Vorfällen verbundene Gefühl
der Niederlage und des moralischen Zwiespalts allzu schmerzhaft
wurde, ließ der Enkel nach einiger Zeit von seinem Spiel ab
und wandte sich gemeinsam mit vielen Spielkameraden vom Hof
einem anderen zu. Gegenstand dieses anderen Spiels
wurden die furchtbarsten Räuber, der Schrecken des Gartens,
die scheußlichen Hummeln, die mit Gebrumm und Gedröhn
von Westen her anflogen, um den Garten zu unbekanntem Zweck

zu bestäuben. Schon allein das Dröhnen, ähnlich dem Geräusch,
das die deutschen Junker in Kriegsfilmen von sich gaben,
wenn sie am ersten Septembertag auf die Westerplatte
niederstürzten, war ausreichender Beweis für die schändlichen
Absichten dieser bösen Insekten. Zu allem Unheil
gab der Gasofen im Badezimmer, nomen est omen, gleichfalls mit Namen
Junker, ganz ähnliche Geräusche von sich,
und dieser Ofen war Anlass einer ständigen Furcht des Kindes,
entbrannte er doch jedes Mal mit großem Gewummer
und spie Flammen aus seinem schartigen, weit aufgerissenen
Maul.
Nicht einmal rächen konnte man sich an diesem Miststück,
denn Großmutter sagte, um Gottes willen nicht daran herumbasteln,
denn er sei alt und könne jeden Augenblick in die Luft fliegen
und alle unter den Trümmern des Hauses begraben.
So also fiel das Urteil über die faschistischen Brummer
und die Nazi-Hummeln, wurde von nun an das Gärtchen
zu einem wilden Urwald, wimmelnd von Jägern,
die sich in Mut und Geschicklichkeit bei der Hummeljagd
erprobten. Und das war nicht einfach, musste man sich
doch zunächst mit einer Streichholzschachtel versehen,
die als Waffe und Käfig zugleich für die wilde Bestie diente.
Mit solch einer Schachtel musste der Jäger sich lautlos,
am besten also im Indianerkostüm oder verkleidet als Janek Kos,
an die feindliche Stellung, sprich Pfingstrose,
heranschleichen, die das Ungeheuer in diesem Augenblick gerade
schamlos bestäubte, die Schachtel öffnen, genauer gesagt,
den Boden nach vorn schieben, dem Gegner auf den Schwanz treten,
bevor dieser uns in seinem Rückspiegel erkennt,

mit einer raschen Bewegung den Deckel von oben auf
das feindliche Fluggerät setzen und schließen, sodass
die Hummel ohne Aussicht auf Rettung im Innern gefangen war.
Ha! Dann ging der Spaß erst richtig los,
denn das wilde Tier tobte darin, stach bestimmt
mit seinem Giftstachel nach links und rechts, doch –
dank der polnischen Streichholzindustrie – vergebens!
Und wie die Hummel jetzt erst brummte!
Dann konnte man sie die ganze Straße hinuntertragen
und die Kameraden daran lauschen lassen, besonders jene,
die vor der Jagd gekniffen hatten. War diese öffentliche
Schaustellung ein paar Mal wiederholt, trat ein
nicht geringes Dilemma zutage – was weiter?
Die Hummel freizulassen war unmöglich, das tollwütige Tier
hätte sich zweifellos auf den Jäger gestürzt, ihn zu töten
oder zumindest in die Hand zu stechen.
Schon die Aussicht auf Öffnung der Schachtel
war recht beunruhigend und moralisch heikel.
Da kam der Spielkamerad aus dem Nachbarhaus auf die einfache
und geniale Idee, die Schachtel mit der brummenden Hummel
darin einfach mitten auf die Straße zu werfen
und sie auf diese Weise freizulassen,
sollte sie allein rausfinden. Die Idee war genial,
man schritt sogleich zur Premiere vor Publikum;
gemeinsam wurde die Schachtel auf die Fahrbahn gesetzt,
und die ganze Bande wartete auf dem Bürgersteig gespannt,
was jetzt geschehen würde. Und warten musste sie lange,
denn die Straße war leider nicht sehr stark befahren,
ein Auto kam dort nur fünf, sechsmal am Tag vorbei,
und auch das wohl nur, wenn es sich verfahren hatte.
Die auf die Fahrbahn geworfene Schachtel indes rührte sich
nicht und wollte sich erst recht nicht öffnen,

worauf die Schar mit einer raschen Reaktion
in Form schreiender Flucht in den Keller vorbereitet
gewesen wäre, und hätte auch das nichts geholfen,
dann jeder zu sich nach Hause. Endlich, nach einer Stunde,
kam ein Auto, doch ohne Erfolg, und erst das vierte
fuhr unter großer Anfeuerung durch die Zuschauer
die Schachtel mit der enthaltenen Hummel zu sogenanntem
›Matsch‹,
der von allen Kindern lange bestaunt wurde.
Diese Art der Unterhaltung wurde auf dem ganzen Hof
bald sehr populär und sorgte in den damaligen schweren Zeiten
einer Kindheit ohne Videofilme mit Schwarzenegger, Rambo
und Prinzessin Xena für ein sicheres und billiges Vergnügen.
Zu der Jagdserie kam bald auch das edle Hobby
des Schmetterlingsfangs mithilfe eines Federballschlägers,
ungemein nützlich wegen des darin aufgespannten Netzes.
Der damit gefangene Falter war schon zur Einsortierung
in die Sammlung bereit, man musste ihn nicht erst mit einer Nadel
ums Leben bringen. Diese Sitte allerdings fand damals
unter der hiesigen Jugend keine rechte Verbreitung,
wurde auch von den Älteren als barbarisch bekämpft,
häufig mit gutem Zureden: »Warte nur, du Rotzlümmel,
wenn ich dich kriege, ich reiß dir die Beine aus dem Arsch«,
was die Sportlichkeit der Jugend, besonders die Fähigkeit
zum Hindernislauf erheblich beflügelte,
und man muss wirklich staunen, dass diese Gegend
keinen Olympiasieger hervorgebracht hat.

So sinnierte unser Enkel in diesem Gärtchen,
dem Ur- und Archetyp, Mutter, Onkel, Erstem Sekretär
und Bischof aller Gärten. Er dachte zurück an jene Anfangszeit,
von der die Großmutter erzählte,

als die Stadt noch nicht erloschen war,
als der Zug mit Aussiedlern ankam, alles Bekannte,
und zwar aus der Gegend von Zadwórze, und sie begannen,
ihr ganzes Hab und Gut in den Gärten unterzubringen,
für alle Fälle auf den öffentlichen Grünflächen
die Kühe an Apfelbäume, Akazien und Kirschbäume zu binden,
und im Frühling pflügten die Nachbarn gemeinsam alle
Rasenflächen
bis zur Katowicka-Straße auf, säten dort Roggen
zwischen Sandkästen und Sitzbänken,
der prächtig gedieh in diesem Jahr,
und schon konnte man sein eigenes Brot backen.
Lange Zeit wurden in den Gärten Ziegen, Kaninchen,
Pferde, Schweinchen und Hühner gehalten,
bis Anfang der Siebzigerjahre ein staatlicher Ukas erging,
der selbiges aus vorgeblich hygienischen Gründen verbot,
was großen öffentlichen Zorn hervorrief
und Ursache der Augustunruhen und des späteren Falls
der Kommune wurde.

Indes kam aus allen Löchern der Frühling gekrochen,
wuchs es verbohrt und verbissen, dreist und frech,
überwucherte alle Spuren und Spürchen in Gestalt
eines wilden Dschungels, wie Tante Sydzia ihr kleines Gärtchen
immer wieder einmal nannte. Überrascht davon,
schlug sich der Enkel langsam durchs Dickicht,
bahnte sich den Weg mithilfe einer zusammengerollten
Gazeta Wyborcza, und den Weg zur Gartenpforte wiesen ihm
hie und da verstreute Damenhöschen, die beständig
aus den oberen Fenstern flogen, seit die Nachbarn die Wohnung
an gewisse Studentinnen vermieteten. Diese Höschen
im Garten waren ein allzu sichtbares Zeichen

des Zivilisationsverfalls, ebenso wie dieser Dschungel,
der allmählich alle Beete überwucherte, die früher ordentlich
mit Mohrrüben, Petersilie, Dill und Knoblauch besät waren,
nach einem einzig der Hausherrin bekannten System,
gemäß uralter, östlicher Tradition, die besagte,
säen müsse man dort, wo es geht, am besten alles auf einmal,
man wisse ja nicht, was aufgeht, wisse auch nicht,
ob nicht doch die Tataren einfallen, oder die Bolschewiken,
und alles auffressen, Blumen inklusive.

Auch war das Gärtchen Objekt besonderer Mühe der Großmutter
auf der einen Seite des Zauns und Tante Sydzias auf der anderen,
denn sie kümmerten sich um ihren Boden und die Meinung
der Nachbarn und das göttliche Urteil.
Deshalb hatte die Großmutter, um endlich die Sache
mit dem wilden Stachelbeerstrauch zu regeln,
der dicht am Maschendraht wuchs und sogar auf die Seite
der Tante hinübergewachsen war, sodass der Fruchtteil
in ihrer Reichweite, der stechende Teil noch in der Zone
der Großmutter war, den Großvater sieben Jahre lang gebeten,
den verwilderten Strauch endlich abzuholzen. Und neulich,
als das Grünflächenamt sich in der Gegend blicken ließ,
Bäume und Sträucher schneidend, Hecken spaltend,
Akazien massakrierend, kam der Onkel auf die geniale Idee,
einen der Arbeiter zu bitten, ob er nicht gegen geringe Gebühr
in Form von zwei Żywiec Bier den Strauch
mit der Motorsäge abholzen wolle,
mit der er sich im nahgelegenen Hinterhof herumtrieb
und nach Plan sämtliches Grün beschnitt,
hauptsächlich alte Zierakazien, junge Vogelbeerbäume,
vor Langeweile auch die Bänke und Drähte durchsägte
und die Katzen der Gegend in die Flucht schlug.

Der Strauch war in zwei Minuten gefällt,
und die zufriedene Großmutter konnte an der bisher
verdeckten Stelle zwei Kohlrabi und zwei Tulpen,
an den übrigen Stellen Zwiebel und gelbe Narzissen pflanzen.
Diese Tat entging jedoch der Aufmerksamkeit von Tante Sydzia
nicht. Sogleich lief sie protestierend herbei,
an jenem Strauch nämlich hatte seit elf Jahren
ihr ganzer Bretterzaun gelehnt, die ganze, stark
überalterte Einfriedung, und jetzt, nach diesem Eingriff
hatte sich alles jämmerlich und traurig geneigt
und sämtliche Mängel des Bauwerks freigelegt.
Und da die Tante mit weittragender Stimme
und flinker Zunge begabt war, kamen bald neugierig
die Nachbarn heraus, um zu sehen, was los sei
und wie es ausgehen würde. Großmutter hörte sich diese Suada
ganz ruhig an, denn sie hatte eine Engelsgeduld von Geburt,
doch endlich war auch sie die laute Rede leid,
fasste Sydzia am Arm und setzte sie mit den Worten
»Jetzt aber raus hier« vor die Tür,
um nicht im ganzen Landkreis Aufsehen zu erregen.
Trotz solcher Vorfälle dauerte der Nachbarschaftskrieg
hier nie lange, denn schon am Abend schaute eine der Parteien
mit einem Matschekuchen oder einer Flasche falschen Maderas
bei der anderen vorbei, auch wenn nichts einfach so
vergessen wurde. Die Pflanzenwelt indes fand
seltsamerweise gerade an Großmutters Garten Gefallen
und zog von den Nachbarn in Massen hierher,
was Ursache zahlreicher Konflikte war.
Von Frau Jazinicka kam, man weiß nicht warum,
der Rhabarber herüber, die Himbeeren, Johannisbeeren,
Mohrrüben, Mohn sowie Altsaat, von der Tante hingegen
zum Teil besagte Stachelbeere. Diese Emigration der Flora

war für die Besitzer oft eine wahre Plage,
denn da halfen keine Gitter, kein Maschendraht
und kein noch so seriöser Bretterzaun.
Sie war es, die überhaupt erst zu Zäunen
zwischen benachbarten Gärten geführt hatte,
am Anfang gab es nämlich keine Grenzen außer fiktiven,
über die allein das Auge des Allerhöchsten wachte.
Erst mit der Pflanzenmigration in Richtung Großmutter
setzten die Teilungen, Grenzen und Frontlinien ein.

Im Garten indes, an seiner östlichen Gemark,
kündete nichts von einem ruhigen Sommer.
Seltsame Zeichen und häufige Sturzregen
waren Boten ungewöhnlicher Ereignisse. Zuerst zog
das örtliche Gelump an den Maschendraht
und die Stachelbeersträucher, seit die Ladenbesitzerin
sie vor dem Geschäft vertrieben hatte, wo sie herumsaßen.
Danach wurde bei den Mohrrübenbeeten der Onkel gesehen,
wie er sich umsah und dann wieder ging. Die Blattläuse
erkrankten in großer Zahl und wurden bald
völlig unbrauchbar, endlich begannen auch die Augustäpfel
schon im Spätfrühling in großer Zahl zu fallen,
sodass die Großmutter, so sehr sie sich auch mühte,
mit dem Schälen und Verarbeiten in ihrer alten Küche
gar nicht nachkam. Es gab also Eierkuchen mit Äpfeln
in drei Versionen, kalte Apfelsuppe, süß,
mit Mehl und Sahne, Spezialität des Hauses
und ein Wunderelixier an heißen Sommertagen,
Reis mit Äpfeln und Makkaroni mit Äpfeln,
Apfelkompott und getrocknete Äpfel sowie Apfelkonfitüre,
wenn auch sauer. Äpfel in der ganzen Wohnung, Tag und Nacht.
Am Ende fielen sie zu Hunderten und lagen auf einem Haufen,

wo sie faulten und ihr süßlich-übelkeiterregendes Gerüchlein
über dem Garten schwebte wie ein Geist über dem Feld.
Eines Tages pinkelte jemand an die Gartenpforte.
Im Gebüsch wurde ein Maulwurf mit verrenkter Pfote gefunden.
All das schien maßlose Gefahren aus östlicher,
verstrauchter Richtung anzukünden. Dort bemerkten auch
die Patrouillen der schwarzen Ameisen bald erste Anzeichen
des dräuenden Krieges: zwei rote Ameisen,
die frech einen Marienkäfer entführten und dann zurückkehrten,
um Augustäpfel zu fressen. Für die schwarzen Ameisen
indes kehrten eine Weile die guten Zeiten zurück.
Nach den schrecklichen Verlusten durch den Überfall
der Schnecken und den Augustapfelregen kamen fette Tage.
Nicht genug, dass der Handel mit den Blattläusen florierte,
auch die verfaulten Äpfel lieferten Nahrung in großer Menge.
Die Ameisen begannen, ihre Nester an den Stellen
wieder einzurichten, die ihnen einst von den Mistkäfern,
den Beeten der Mohrrüben, Petersilie und Zwiebeln
abspenstig gemacht worden waren. Langsam stand das Land
wieder auf aus Ruinen, wuchsen Festungen meterlanger Korridore,
die das Zentrum mit den entlegensten Provinzen verbanden.
Doch die in der Mark lebenden Ameisen schauten immer
unruhiger auf die wilden, grasbewachsenen Felder gleich
hinter dem Maschendraht, denn Unruhe und Lärm schienen
von dort immer deutlicher vernehmbar zu sein.
In der Hauptstadt indes kam die Zeit der Brunft,
und alle waren beschäftigt mit der Wahl der neuen Königin.
Die alte, gebrechlich, führte die Staatsgeschäfte nicht mehr
zur Zufriedenheit. In der Metropole herrschte eine Generals-
und Direktorenclique, die Ameisendirektorin des Ameisenverbandes

hütete die staatlichen Vorräte an Ameisensäure,
die nach strenger Vorschrift ausgegeben wurde,
nur die Honoratioren-Familien unter den Ameisen
ließen sich täglich mit dieser Säure vollaufen.
Die Armee lief ohne Stiefel herum, die Arbeiterinnen
ohne Wattejacken, dennoch herrschte großer Eifer
auf den neu erschlossenen Gebieten, besonders an der Pforte,
wo die alte Trasse in Richtung Treppe und Veranda verlief.
Dies war auch ein geheimer Handelsweg und Schmuggelpfad,
denn über die Treppen und die Tür zur Wohnung handelten
die Ameisen mit den im Hause lebenden Kornwürmern,
die gern Sand gegen Grütze, Zucker, Mehl und Tee tauschten.
Dort auch, direkt an der Pforte, legten die Ameisen
eine kleine Grenzfestung an, an der drei kleine Schwarze
Wache hielten und zwei Arbeiterinnen die winzige
Haltestelle bedienten, an der täglich um fünfzehn Uhr
zehn die Raupe zum fünfzehn Meter entfernten Sandkasten
Halt machte, um gegen geringe Gebühr Kleinhändler
und Reisende mit wunden Füßen mitzunehmen.

Der Enkel, auf seinem Weg Tausende zertretend
und ein weiteres Tausend obdachlos machend,
ging indes den Pfad zur Gartenpforte und drückte die Klinke,
nahm auf diese Weise Abschied von dem Gärtchen,
das schon vom Frühling in Besitz genommen wurde,
der die nächsten Rabatten besäte, Pfade bewuchs,
Sträucher aufrichtete, Blumen schießen ließ,
Ameisen aufzog, Bienen in die flimmernde Luft warf
und endlich, endlich das Bild der Welt veränderte.

Fünfte Station: Der Schrebergarten

Wie einfach das ist – drei Klimazonen durchschreiten,
ein Flugzeug besteigen und im Flug das steife Europa
überqueren, das minderjährige Afrika
und das ganz und gar befreite Amerika!
Wie leicht das ist – Benzin ins Auto füllen und
wie im Traum über die Grenzen des vereinten Europa jagen,
den Wechsel von Sprachen und Ländern nur mithilfe
des Radios erahnend, denn draußen vorm Fenster huschen
immer die gleichen Baracken, Motels, Campingplätze
und Bars schnelllebigen Inhalts vorüber!
Wie geradezu kindisch einfach das ist,
den Computer einzuschalten und auf der wendigen Maus,
wie auf Pferdes Rücken, galoppierend glückliche Länder
zu durchmessen, Galerien zu besuchen, Boutiquen zu betreten
und gar zu prüfen, was heute in der Kneipe am Eck gekocht wird!
Anders war das in diesem Teil Europas!
Jede einzelne Veränderung war mystisch auf ihre Art
und Weise, schon der Wechsel auf die andere Straßenseite
bedeutete oft den Eintritt in eine andere, unbekannte Welt,
den Augenblick einer Geburt, Initiation des Neuen,
den schöpferischen und somit auch fröhlichen Tod.
Hier trennten noch immer Grenzen glücklich die Welt
in kleine Schnipsel und verliefen geheimnisvoll jeweils
an Orten, über die niemand ein gutes Wort verlieren würde –
mitten durch Häuser, Stadtviertel, quer durch ganze Dörfer,
Kirchenschiffe, durch Tisch und Bett sogar.

So ist es kein Wunder, dass der Enkel,
als er aus der Gartenpforte trat, mit einem Mal
mehrere neue Grenzen überschritt und hurtig weiterging,
ohne sich aus dieser Freveltat etwas zu machen,
mit dem Geklingel einer ganzen Philharmonie
von Schlüsseln und Kleingeld in der Hose, ohne zu ahnen,
dass Er, der diese Grenzen selbst gezogen,
irgendwo dort oben zur Vernunft mahnte
und dies gewiss seine letzte ernstliche Mahnung war,
während er den Stock, wie über dem Ameisenhaufen,
schon in Händen hielt. Sogleich bog auch der Enkel
von seinem Weg ab, denn um in den Schrebergarten
zu gelangen, musste man ja durchs Tor des Ersten Mai hinaus
und aus diesem Grunde erst dicht an dem Haus vorbei,
in dem einst der beste Spielkamerad des Enkels gewohnt hatte,
deshalb der beste, weil sein Vater ziemlich lange
in Schweden gearbeitet und von dort immer
unerhörte Dinge mitgebracht hatte,
zum Beispiel Plastiksoldaten unterschiedlicher Nationalität,
angefertigt mit wahrer Liebe zum Detail und deshalb
ganz anders als die polnischen, denn man konnte
deutlich unterscheiden, was die Mütze eines solchen Soldaten
war, und was seine Frisur, was sein Pferd
und was nur Ständer oder Sockel.
Lange blieben sie Gegenstand des Neides und versteckter Begierde,
obwohl der Kamerad gemeinsamen Spielen gar nicht abgeneigt war
und bei ihm zu Hause ungeheure Schlachten geschlagen wurden,
mit Gastauftritten von Alpenschützen und Afrikacorps,
amerikanischen Luftlandebrigaden, russischer Infanterie
und den Unbesiegbaren, das heißt – den Polen.

Der tägliche Streit, wer die deutsche Armee befehlige,
wurde mit einem Bündnisvertrag beigelegt, demzufolge
beide zusammen die Alliierten führten,
während die Deutschen, stur wie dumm,
sich wie üblich bis zum letzten Mann allein verteidigten.
Ein einziges Mal kam das Plastikheer gemeinsam
bei einer Mission im Gartenterrain zum Einsatz,
als die großen, roten Ameisen frech und unerwartet
über die schwarzen herfielen und ein fürchterliches Gemetzel
unter ihnen anrichteten. Die Einheiten der Kunststoffarmee,
angeführt von der verbündeten Generalität,
trennten mutig die kämpfenden Parteien
und stießen die widerspenstigen Riesenviecher mit Bajonetten,
wobei die kleinen Soldaten ihre Unschuld verloren
und Blut und grünliche Schmiere noch lange mahnend
an den Seitenmessern prangte. Danach sorgten zwei Patrouillen,
vor Kurzem noch verfeindet, bis Einbruch der Dunkelheit
auf der Mitte des Pfades für Ordnung und Wohlfahrt.

Mit solchen Gedanken erreichte unser Held jenes Tor,
und als er es durchschritten hatte,
ging er den malerischen Weg durch jene östlichen Viertel,
die der Lokalpoet so wunderschön besingt.
Er kam vorbei an Nachtläden, der gnadenlos Spritzen
setzenden Schwester, der Kirche, der Drzymała-Straße,
auf der er seinen rituellen Schlummer hielt,
und weiter über den Platz mit den Äpfeln, über die Gleise,
bis zum Haupttor, hinter dem sich schon die Wilden Felder,
Schrebergärten genannt, erstreckten,
ein nie durchmessenes Labyrinth, schreckliches Geheimnis
mit einem vermutlich mitten im Kleingärtner-Zentrum
eingeschlossenen Minotaurus oder Bullenkerl,

der noch immer auf seinen Telesphorus wartete.
Mutig tauchte der Enkel ein in das Labyrinth,
fand halb aus der Erinnerung den Pfad,
der neben den Gleisen in eine unklare Gegend führte,
besprenkelt von irgendwo in der Region gesammelten
und hier auf einen Haufen geworfenen, vormals deutschen
Einmann-Bunkern, deren schwarze Schlünder bis heute
schrecklich klafften. Seit einiger Zeit sammelte sich
dort höchstens noch Gesellschaft von der anderen Seite
der Gleise, um eine Flasche zu leeren,
der Enkel aber konnte bis heute seine Todesangst
nicht überwinden, dort hineinzugehen und das Innere zu fühlen.
So ging er und kam vorbei an Maschendraht,
Latten und Zäunen, dahinter Beete, Büsche,
Bäumchen, Buden, Lauben, Pfade und all das,
was unser Leser sich nur vorstellen mag
unter der Überschrift »Arbeiter-Schrebergärten«,
bis er an eben jene alles entscheidende Pforte kam.
Er blieb stehen und zog die Schlüssel, die er den neuen
Besitzern des Gartens längst hätte übergeben müssen,
als aber der Onkel den Schrebergarten verkaufte,
hatte die Großmutter einen Satz Schlüssel tief
unter der Bettwäsche versteckt, dort wo sie auch ihre Rente,
die Papiere, das längst entwertete Sparbuch
und andere Schätze vor den Augen Fremder verbarg.
Der Enkel war absolut sicher, dass die neuen Herren
das Vorhängeschloss ausgetauscht haben müssten,
doch wie groß war sein Erstaunen, als er sowohl Pforte
als auch Bude aufbekam, letztere schon arg gebeugt vom Alter,
und sich zu alledem auch in der Landschaft
des Schrebergartens auf den ersten Blick nichts verändert hatte
– ja, er war nur noch stärker überwuchert und verwahrlost,

als hätten sich die neuen Herren nicht besonders
um seinen Zustand gekümmert.
Er öffnete also die Bude und sah sofort,
dass der Adler an der Wand fehlte,
dass die Spuren alter Herrlichkeit verschwunden waren,
keine Eisenbahnermütze, nicht mehr die blaue Konföderatke
des Großvaters mit dem gekrönten Vorkriegsadler,
die einst hier an den Haken hingen;
verschwunden auch die Uniformen, die vormals deutschen
Büchsen für tausenderlei Krimskrams und die alten Werkzeuge
– in dieser so vertrauten Bude gab es nichts mehr!
Welche Verzweiflung, welche Bestürzung!
Wo waren die teuersten Erinnerungsstücke des Lokführers
vom Bahnhof Zadwórze geblieben, der später seine
eigene Lokomotive besaß, die er aus Spaß Baśka taufte
und an die der Enkel sich wie durch Nebel erinnerte!
Feuerspeiend, dampfspuckend auf dem Hauptbahnhof
in den guten alten Zeiten, als er mit der Großmutter
bis Prudnik gefahren war, der Zug gerade einmal drei Waggons
mit Rinnendach hatte und Enkel und Großmutter
im Dritter-Klasse-Abteil auf langen Bänken
an den Seitenwänden saßen, während der Zug in den Kurven
so langsam rollte, dass man unterwegs rausspringen,
ihn im Gehen wieder einholen und zwischendurch noch Pilze
sammeln konnte! Und die Lokomotive keuchte, rauchte
und pfiff dazu noch fröhlich. Das waren Zeiten,
als niemand es irgendwohin eilig hatte und die Ferien
eine Kindheit, das heißt eine ganze Epoche lang dauerten.
Wo waren sie geblieben, diese Erinnerungsstücke an einen
Bahner,
der sogar im Krieg noch fuhr, der böse Transporte
bis an die Ostfront brachte, wo ihm die Räder

an den Schienen festfroren in den Zeiten von Stalingrad,
wo sind die Andenken hin an den, der manchmal nachts
eine Hirschkuh oder ein Reh auf den Schultern anschleppte,
das unachtsam unter die Räder der Dampflok geraten war,
vom Licht gelockt, und das er schließlich nicht irgendwo
im Wald liegen lassen konnte. An jenen, der,
wenn er in der Nähe vorbeifuhr,
den Zug auch mal für ein Stündchen anhielt,
um kurz hereinzuschauen und seine Liebsten an sich
zu drücken, und der sogar mit einem Schwips
der beste Zugführer im Land war,
sodass die Passagiere anerkennend fragten,
wer da lenke, dass der Zug nun endlich in die Gänge kam,
und der dort anhielt, wo man ihn darum bat.
Wo war das alles hin?
Ja, wo bleiben all die alten Mützen?
Und die alten Eisenbahnen? Die alten Waggons?
Wo bleibt die Zeit, die Zeit, von der es immer reichlich gab?
Sodass man sie dick aufs Brot schmieren konnte,
dass man Gläser und Körbe voll davon hatte,
wenn man aus dem Wald zurückkam?
Der Enkel trat vor die Bude, die bedenklich schief stand,
seit einmal jemand seinen Hund mitgebracht
und ihn gedankenlos am Türriegel festgebunden hatte,
er trat vor die Bude und begann vor Kummer,
wie es seine Gewohnheit war, mit dem linken Daumen
in der Nase zu bohren. Er ließ gerührt den Blick
über das Grundstück schweifen und zuckte regelrecht zusammen,
als er rechts einen besonders verwachsenen Ort gewahrte.
Dort nämlich befand sich seit Langem ein verborgener,
maskierter und höchst illegaler Brunnen,
denn das Schrebergartenrecht besagte, dass es nur eine

Wasserentnahmestelle auf dem Grundstück geben dürfe.
Da aber Wasser oft Mangelware war, hatte der Großvater
raffiniert ein Loch gegraben und darin ein Blechfass
von bisher unergründeter Tiefe versenkt.
Alles war geschickt getarnt mit einem rostigen Deckel,
wucherndem Unkraut und mehreren danebenstehenden
Gießkannen.
Schon immer hatte dieser Brunnen dem Enkel
eine Heidenangst eingejagt, nie traute er sich in seine Nähe.
Jetzt dachte er zwar, der Brunnen sei sicher längst
ausgetrocknet, konnte sich aber doch nicht überwinden,
in seine Tiefe hinabzuschauen. Doch weiter hinten, hinter
dem Brunnen, zogen große Sträucher den Blick besonders an.
Von alters her war dieser Bereich ihm bekannt als spezieller Ort,
abgeschirmt von neugierigen Nachbarsblicken und daher ideal,
um dort in Ermangelung von Badezimmer und Toilette alle
möglichen
Geschäfte zu verrichten. Dort war der Frühling besonders
hemmungslos: schwelgerisch und auf der Stelle gediehen dort
die Wolfsblumen, gelbe Narzissen, Disteln und Kornraden,
Gänsedisteln, Johanniskraut, Bärlapp, Schwarzkümmel,
die seltsamen Kerbel, Schöllkraut und Harnlapp,
die sonst nirgends mehr vorkommenden Pestwurz und
Weisengras,
Kletten, Schachtelhalme und gelbe Schißmalter.
Ach, heimische Natur! Nirgends hatte der Enkel
solche Farben mehr gesehen, und er war viel herumgekommen,
war in Lissabon gewesen und in Wien, in Kolberg und Choruła,
die Flora bestaunend. Dort drüben blitzte auch ganz
unerwartet etwas im Dickicht auf, und als er sich bückte,
sah er auf einem Haufen Schrott im Grase
besagten silbernen Ringkragen liegen, über den,

offensichtlich zum Vergnügen, dicke Schnecken
hin- und herkrochen. Der Ringkragen!
Offenbar von den fremden Herrschaften weggeworfen,
Heilige Jungfrau von Poczajów! Darunter die Mütze,
leicht verschimmelt, und die ganze Uniform,
wenn auch mit einer Kolonie Laufkäfer statt der Knöpfe.
Der Enkel riss das hoch, klopfte die Fauna ab
und begann in großer Rührung, die Mütze aufzusetzen,
die feuchte Jacke anzuziehen. Nachdem er auch den Ringkragen
um den Hals gehängt hatte, seufzte er tief und gleichsam reif,
worauf die Augen ihm leicht hervortraten.
Da hörte er plötzlich dicht an seinem Ohr:
»Was suchen wir denn hier, du Lümmel?!
Was haben wir hier verloren?!«
Der Nachbar war's, verdammter Mist und Scheiße verdammte,
meine Verehrung, der Herr Nachbar!
Unbemerkt hatte er sich von der anderen Seite angeschlichen,
war durchs Gebüsch gekommen und fragte nun höflich,
in den Händen eine gewaltige Jäthacke,
die seiner Erscheinung zusätzlich Gewicht verlieh,
auch wenn er schon fast achtzig war.
»Was will er hier, stehlen vielleicht?« –
»Nein, ich komme wegen dieser Uniform für die Großmutter
und bin eigentlich nur hier, um die zurückgelassenen Sachen
zu holen.« »Und wie heißt die verehrte Frau Großmama?«,
fragte der Nachbar ausgewiesen höflich.
»Pic«, erwiderte der Enkel, übrigens wahrheitsgemäß
und er lächelte freundlich dazu, um das Wahrheitsgemäße
zu unterstreichen. »Ich werd dir was von wegen Pic, naser mater«,
sagte der Nachbar, offensichtlich nicht sehr zufrieden
mit dieser Antwort, und schlug dem Enkel geschickt
die Jäthacke ans Ohr, zum Glück mit dem anderen Ende,

sonst hätte ich die Erzählung hier abbrechen müssen.
Um die wertvollen Gegenstände zu retten und die Mission
selbst nicht zu gefährden, durchbrach der Enkel,
ohne langes Überlegen, im Galopp das übelste Dickicht
der Schrebergartennatur, übersprang dank seiner
angeborenen körperlichen Wendigkeit den Maschendraht
in viel kürzerer Zeit, als ich beschreiben könnte,
und suchte das Weite, will sagen, sein Zuhause.
Um die erwarteten Verfolger in die Irre zu führen,
vollführte er im Lauf mehrere irrwitzige und wahrhaft
bravouröse Zickzacks, die sogar ihn selbst überraschten,
wodurch eines seiner Beine, offensichtlich das längere,
sich sehr um das andere, ordentlichere wickelte
und zu einem gefährlichen Sturz Anlass gab,
den die Seismographen in der Hauptstadt
und auch noch die norwegischen auf der Insel Spitzbergen
vermerkten.

Als er sich nun im fernen Gebüsch versteckt hatte
und sich die nötige erste Hilfe leistete,
Töne von sich gebend, zog er endlich die Uniform aus
und stopfte sie in seinen Rucksack,
dem er dann ein altes, ungewöhnlich schweres Telefon
entnahm, Mobiltelefon genannt, das Display doppelt behauchte
und sauber wischte und dann in mühevoller Arbeit
auf sämtliche Buchstaben drückte,
um durch das Wunder der Funkwellen eine Textnachricht
an seinen Kameraden zu schicken, von dem er wusste,
dass er um diese Zeit sicher noch schlief,
und dabei war es längst zwei Uhr nachmittags.
Wenn er aufwachte und den Appell las, würde er
schnurstracks am gewählten Ort erscheinen.

Denn nun begann der Enkel, ermuntert vom großen Triumph
dieser ersten Mission, den zweiten Teil des ganzen
Unternehmens,
das heißt den Transport der Uhr. Möge ihm
das wechselhafte Schicksal dabei gesonnen sein.

Sechste Station: Die Uhr

Die Aufgabe war jetzt, die Uhr zu transportieren,
wozu allein er nicht in der Lage war –
deshalb ja der Ruf nach Hilfe,
die auch um halb vier schon erschien –
und beide, er und dieser Kamerad,
standen nun bei Großmutter vor der Tür.
Jetzt gingen sie gar schon ins Zimmer und nahmen leis,
damit der Onkel nichts sah, die Uhr mit,
unter Wahrung aller notwendigen Vorsichtsmaßnahmen.
Diese Konspiration gelang nicht ganz, denn der Onkel,
gelockt vom Glockenklang, eilte herbei,
um ihnen letzte Hinweise zu geben,
wie die Uhr zu reinigen und was zu tun sei,
damit sie die nächsten hundert Jahre bei bester Gesundheit
funktionierte. In Wirklichkeit hatte er nämlich alles gehört
und wusste von allem, tat gleichwohl so,
als gingen ihn die besprochenen Dinge nichts an,
und war der ganzen Sache doch völlig hingegeben,
auch wenn sich das auf eine seltsame und in anderen Familien
unbekannte Art und Weise äußern sollte.
Jetzt half er mit großem Eifer beim Uhrentransport,
denn er förderte den Enkel und unterstützte ihn auch.
Die Uhr war schwer, deshalb verursachten sämtliche
im Treppenhaus unternommenen Manöver einen derartigen Lärm,
dass schon bald die Nachbarn aus ihren Wohnungen kamen
und wissen wollten, was es da gab und wo es so läutete,

als der Enkel und sein Kamerad akrobatisch bemüht waren,
die Uhr geräuschlos nach draußen zu tragen.
So geschah es, dass an der engsten Stelle –
dort, wo die Tür sich öffnet –
bereits acht Personen gemeinsam an der Arbeit waren,
sechs davon seit Längerem über achtzig.
Sie berieten sich laut, zeigten Möglichkeiten und Auswege auf,
bis die Sache schließlich kritisch wurde und es schon schien,
sie alle würden jetzt in alle Ewigkeit
in dieser engen Passage feststecken,
wie in dem Schlund zwischen alter und neuer Ära.
Dann geschah das Unvermeidliche – eines der kürzeren Beinchen
der Uhr brach ab und lag nun in aller Offensichtlichkeit
auf dem Boden. Der Onkel, leicht entsetzt, nahm Zuflucht
in der Wohnung, während der Enkel versuchte,
das abgefallene Teil mit dem Fuß unter Kontrolle zu bringen.
Da meldete ein Nachbar, Herr Antonów, wenn sie nur wollten,
könne er im Handumdrehen ein solches Beinchen bei sich
zu Hause drechseln. Der Enkel und sein Kamerad
nahmen diese Versicherung erleichtert auf,
ließen die Uhr erst einmal dort stehen,
wo sie mit ihr stecken geblieben waren,
und folgten dem Wohltäter, in dem Bewusstsein gleichwohl,
dass das verkeilte Objekt so leicht keinem Dieb zum Opfer
fallen würde. Sie gingen die Treppe nach oben,
zur Wohnung einen Stock höher, in der Nachbar Antonów
alleine lebte und schaffte, seit ihm letztes Jahr
die Frau gestorben war. Sie folgten ihm in die Küche,
eingerichtet nach alter Sitte, das heißt mit weißer Anrichte,
Tisch und Stühlen, und alles war so wie kurz nach dem Krieg.
Herr Antonów ließ gleich von seinem heurigen Wein kosten
und in der Tat, der war sehr gut.

Im Zimmer aber erblickten sie eine ganze Sammlung
der seltsamsten Maschinen, die überall herumstanden,
sodass man nur schwer daran vorbeikam.
Jetzt begriff der Enkel, was dort oben manchmal
nächtelang rummelte und woher das kaum spürbare Beben
im Mietshaus kam. Die Mehrzahl dieser Maschinen war
altmodisch
und mit Pedalen betrieben. Ein Teil wiederum,
irgendwie miteinander verbunden, blieb fast ohne Unterbrechung
in Betrieb, dank geschickter und geheimnisvoller Kunstgriffe
des Bedieners. Hier also wurden sämtliche Waren
des persönlichen Bedarfs hergestellt,
wie Einkaufstaschen, Pantoffeln, Portemonnaies,
Sonnenhüte, Schemel sowie weitere,
bislang unbekannten Gehaltes und Gebrauchs.
Die Maschine, gleich einem perpetuum mobile, knurrte
und lärmte jede Nacht, verlieh dem Leben Farbe und Grund
und war nicht mehr wegzudenken aus ihm.
Die Bewohner hatten sich schon so an sie gewöhnt,
dass sie, als eines Nachts der Lärm verstummte,
allesamt in plötzlicher Panik erwachten,
als würde die Welt nicht mehr ihre gewohnte Bahn gehen,
als wäre der Motor allen Geschehens plötzlich stehen geblieben.
Eine derart entsetzliche Stille trat ein,
dass die Großmutter den Onkel um Hilfe rief,
er solle einmal nachsehen,
was dort oben passiert sein mochte.
Allgemein war man überzeugt davon,
dass Antonów gestorben sei, zumal die plötzliche Stille
so in den Ohren hallte wie die lautesten Glocken
der ganzen Wojewodschaft.
So stiegen sie gleich die Treppe hoch und horchten,

wie sehr das dem Ernst ihres Alters auch Hohn sprach,
die ganze Zeit an der Tür, ob da nicht irgendein Geräusch
zu hören wäre, das in dieser schrecklichen Situation
schließlich die beste, weil Lebenskunde, gewesen wäre.
Erst am Morgen hörten sie, schon recht verzagt,
die Brotkrumen aufs Fensterbrett pochen,
die Antonów täglich in Großmutters Gärtchen warf,
um die verschlafenen Tauben damit zu füttern.
Diese Tätigkeit, die bislang nichts als Ärger
und Vorwürfe provozierte, wurde jetzt mit fröhlichem
Geschrei aufgenommen, besagte sie doch,
dass der Hausherr lebte und bei Gesundheit
und die Arbeitsunterbrechung durch ein kurzes Nickerchen
hervorgerufen war, auf das er im Alter von acht-
oder neunundachtzig Jahren (die Zahl blieb ewig strittig)
nach Geburt doch wohl ein Recht hatte.
Nun konnte der Enkel sich nach Belieben
in der ganzen Wohnung umsehen,
die noch immer Spuren des alten Charmes
und bescheidener Würde bewahrt hatte.
Zunächst also sah man in der Küche jene weiße Anrichte,
Hüterin der Tradition und der ganzen Familie erkennbare Stütze,
sodann den Herd in Form eines Ofens mit Blechbeschlägen
auf dem Boden davor, zum Schutz vor allzu großen Schäden
durch Glut, schließlich das Heiligenbild an der Wand
und der Kalender mit dem Papst, so einen,
wie man ihn nach der Messe kaufen konnte.
Der Tisch war zur Bequemlichkeit ganz mit Wachstuch bezogen,
die Stühle anspruchslos, weiß, ja und auf dem Tisch
der Wein aus eigener Produktion,
von dem Herr Antonów kosten ließ.
Ein in Heimarbeit destillierter Johannisbeerwein

besitzt eine seltsame, verborgene Stärke,
die sich gewöhnlich erst eine Stunde später bemerkbar macht
und ganz unerwartet alle Alltagssorgen und gramvollen
Gedanken vom Menschen nimmt. Anfangs schmeckt er
ein bisschen wie dünner Saft oder Kompott, das heute längst
vergessene übliche Getränk für den häuslichen Sommer,
deshalb trinkt man recht ausgiebig davon,
ohne der versteckten Gaben und Talente gewärtig zu sein,
die sich nach dem vierten Glas auftun.

Der Enkel sah noch die Bilder vor sich,
wie die volle Buttel da stand und brodelte,
rauchte und gluckerte, der Korken dick mit Wachshaut
bezogen, mit einem Glasröhrchen versehen,
aus dem verborgene Gase, Odem und Zauber entwichen
und ertrunkene Fliegen hochwirbelten.
Eine alchemische Transmutation war das, ein magischer Kessel,
in dem Schicksal und Samen künftiger Generationen kochten,
Wohl und Wehe des Hauses und der benachbarten Straßen.
Mehr als alle Dinge aber wollte unser Held,
von großer Neugier getrieben, jene Maschine sehen,
die Bewegerin der Welt, und näherte sich zu diesem Zweck,
ganz unauffällig, dem Zimmer. Die Tür war angelehnt,
das bekannte Grummeln drang heraus, und als der Enkel eintrat,
sah er ein höchst erstaunliches Ding. An der Wand standen
riesige Messingkessel, die durch ein Wirrwarr
von Röhrchen, Rohren und Leitungen, Messzylindern, Galerien
zylindrischer Gefäße aus Glas und Blech verbunden waren.
Unten grummelte etwas wie ein Öfchen, denn die Wärme stieg
nach oben und riss Staub und Parasiten mit sich.
Die Maschine bildete ihrer Anlage nach eine mikrokosmische
Form,

die die einzelnen Galaktiken verbindenden Kanalsysteme
waren wie Umlaufbahnen, die sich spiralisch
zu den Kesseln emporschraubten. Die kleineren Töpfchen, Dosen
und Teekessel standen offensichtlich in Abhängigkeit
von diesem Blutkreislauf und schöpften ihre Kraft
aus der in den großen Gefäßen verborgenen Energie.
Dort war Leben, und das spürte man in der Luft,
diesen ungewöhnlich deutlichen Vitalgeruch,
seine in der Atmosphäre schäumenden Teilchen reizten Nase
und Rachen. Leben also brodelte in diesen Kesseln,
und die lebensspendende Flüssigkeit, die durch das Labyrinth
der Röhrchen floss und tröpfchenweise in die Blechkanne rann,
war offensichtlich alles Kreatürlichen Geheimnis.
Solchen Erwägungen ganz hingegeben, hatten der Enkel
und sein Kamerad, ehe sie sich versahen,
schon das vierte, grenzwertige Glas getrunken, während
Antonów, nachdem er seine tüchtige Maschine angeschaltet
hatte, ein Ersatzfüßchen für den Uhrenschrank schreinerte.
Derweil wurde es dunkel, ein feiner Nieselregen setzte ein,
Sprühkraut genannt, allgemein bekannt und gar nicht
mal gefährlich, wenn auch von allen immerzu verflucht.
Der Enkel tat sich in der Küche um, sein Blick
blieb auf ein dickes Heft gerichtet,
das ebenfalls einige Zeit auf dem Tisch lag.
Da dieser Blick, trotz der Bemühungen beider Kameraden,
nicht abzuwenden war, öffneten sie gemeinsam das Heft
und gossen sich vor Staunen ein fünftes Gläschen ein,
um einen klaren Blick zu bekommen. Das Heft
enthielt eine Vielzahl Notizen,
die der Hausherr dereinst getätigt hatte
und die gewiss die Geheimnisse diverser Geräte und
Apparaturen, aber auch die Arten der Heimproduktion betrafen.

Doch waren die Notizen verschlüsselt, und es gelang dem Enkel
und seinem Kameraden zum Teufel noch mal nicht,
dieses raffinierte Alphabet zu enträtseln.
Nach längerer Zeit aber begriffen sie endlich
dieses wahrhaft hermetische Zauberstückchen:
das Alphabet war polnisch, die Buchstaben aber,
wegen der schon schwachen Sehkraft des Schreibenden,
riesengroß, sodass sich auf einer Seite
ein einziger Ausdruck befand – auf diese Weise
ging für einen Satz das halbe Heft drauf.
Trotz Verzehrs eines sechsten Gläschens
blieb der Text ihnen weiter unverständlich,
zumal sie auf den folgenden Seiten deutliche Zeichnungen
und irgendwie seltsame Berechnungen fanden,
einen ganzen Reigen von Streichungen und sogar zwei Seiten,
die vollständig herausgerissen waren. Dieser Text
und jene hebräische Kabbala musste sie doch zweifellos
zu einer tief verborgenen Wahrheit führen,
zum Weltengrund selbst, der klar beschrieben war
mithilfe dieser Buchstaben und Hieroglyphen,
die sich nach dem siebten Gläschen schon zu verändern
begannen und zu Nattern, Bordüren und Schlangenlinien
mutierten, die sie geradewegs zum Ziele führten,
durch den Flur, wo sie dem Hausherren freundlich dankten,
nach unten über die Treppe, die sie mit angeborener Grazie
und Aufmerksamkeit nahmen, nicht ohne unterwegs
zur eigenen Freude ein paar Purzelbäume zu schlagen.
Herr Antonów hatte zum Glück gerade sein Ersatzbeinchen
fertig und lief ihnen nach, um es zu übergeben,
so dankten sie ihm ein zweites Mal, und der Enkel
setzte sich das Beinchen an, denn er meinte,
bei solcher Schwäche sei es bequemer,

über drei davon zu verfügen. Wie durch ein Wunder
gelang es ihnen, die verstockte Uhr aus ihrer Klemme zu lösen,
und sie brachen auf. Dieser Wein besaß tatsächlich wundersame,
verborgene Eigenschaften. Und der Weg, der vor ihnen lag,
war weit und voll der furchtbarsten Gefahren.
Zunächst galt es, fast durch die ganze Robotnicza
bis zum Miliztor zu huschen, was sie nach zwei Stunden
auch geschafft hatten und genau das Miliztor trafen,
dessen lichte Weite in der Ferne blinkte,
hin- und herschwankend wegen der späten Stunde
und des schrecklichen Regens, Sprühkraut genannt,
der ihre Gesichter peitschte und geißelte.
Da jedoch Frohsinn in ihren Seelen wohnte,
fanden sie trotz der Widrigkeiten die Zeit,
in der Scheißenochmal zu plantschen, der Kollege
tauchte sogar viermal in sie ein,
schlug damit den Siedlungsrekord und fischte
einen Regenschirm, eine Nähmaschine Singer
und Franciszek Smucha aus ihr heraus,
den vor einem Monat verschollenen Kontaktbereichsbeamten,
und kaum hatte der Enkel ihn mithilfe einer Stange geborgen,
zogen sie gleich weiter, bis zur Katowicka,
bei der sie anlangten, ehe sie sich versahen.
Dort machten sie Rast und befreiten die Uhr
von Laubresten und dem Kotflügel einer Syrenka,
die sie unterwegs gestreift haben mussten.
Fast niemand hatte sie gesehen, ein gutes Omen
für die weitere Reise, mit Ausnahme derjenigen,
die sie für einen Trauerzug hielten, sich verneigten
und »Friede seiner Asche« sagten.
Weil das Kraut sprühte wie verrückt,
begann es ihnen ganz schön im Kopf zu gluckern,

ihr Enthusiasmus aber ließ nicht nach.
Nach der Rast, als sie endlich erwacht waren,
zogen sie weiter, es war schon dunkel und die Katowicka,
ringelig wie eine Schlange, brachte sie irgendwie
nach links aufgrund der Seitenwinde,
die vom verräterischen Mähren her wehten.
Mithilfe des dritten, des Rettungsbeins,
bewältigten sie auch die trockenen Strecken irgendwie,
bis sie sich schließlich, weil der Sturm immer stärker tobte,
auf die Uhr wie auf eine Arche setzten
und weiterschwammen, unterwegs kleine Tiere,
und sich selbst, jeweils gegenseitig, rettend.
Besagter Seitensturm trieb sie zu dem einzig trockenen
Plätzchen in der ganzen Gegend, dem kürzlich eröffneten Tag-
und Nachtladen Jim, in dem es trotz des Namens
nichts zu essen gab, nur zu trinken.
Mit großem Bedauern erstanden sie dort also
eine Flasche Żubrówka, die sie auf der Stelle verzehrten.
Nachdem sie gekonnt vom Ufer abgestoßen waren,
nahmen sie Kurs aufs offene Meer, drängten behutsam
die an der Reede vertäuten Taxis beiseite,
schrammten mit dem Boden über Unterwasserriffs
und durchs Schilf, ließen sich unter Ausnutzung der Tatsache,
dass der Wasserstand erheblich gestiegen war,
gelenkt vom Hauch dessen, der sie heimlich
mit dem Stöckchen anschob, geradewegs in den vierten Stock
und die Mansarde treiben, um sich ein allerletztes Mal
direkt im Badezimmer zu verkeilen.
Erst am Morgen bemerkten sie,
was für einen furchtbaren Sturm sie überlebt hatten:
ersoffene Schuhe, ein Übermaß Wasser im Organismus,
Seekrankheit und Polypen in der Nase.

Dazu kam der Seemannsgang und das alten Seewölfen
als Fischglotz bekannte lästige Syndrom.
Der Enkel bekam dazu vom Schleppen des Kastens
eine furchtbare Verkrümmung der Schulter
und konnte diese später nie mehr gerade richten,
was ihn sichtlich altern ließ. Die Uhr aber
war an ihrem Platz. Zwar hatte sie während der Reise
einige wichtige Teile eingebüßt, aber als Glasschrank
für den Besen oder den Regenschirm mochte sie angehen.
Und reparieren konnte sie ja Pan Antonów,
wenn er ihr nur ein neues Pendel und ein Beinchen
machen würde, das jetzt durch einen Ziegelstein ersetzt war.

(Hier ist nun seit Längerem eine Entschuldigung fällig.
Es ist ja klar, dass dieser Text
es mit der Benennung der topographischen Details
von Oppeln und Umgebung nicht so genau nimmt,
der Leser ist schließlich kein Idiot
und bemerkt die Fehler sofort, brandmarkt die Auswüchse
und verurteilt den Missbrauch.
Berechtigt sind daher Einwürfe sachlicher Kritik
von Wohlgesinnten, die die Skizzierung des Hintergrundes
und Angabe der tatsächlichen Orte und der Perspektive
verlangen und fordern, Schluss zu machen mit Kalauern
nach Pennälerart und schädlicher Schaumschlägerei
in der Beschreibung. Damit also der Leser ein genaues Bild
von der Wojewodschafts-Stadt erhält,
durch die er im Gefolge des Textes flaniert,
gebe ich hier die wirkliche Karte:
Die Stadt wird von der Oder entzweigeteilt,
die andere Seite heißt Zaodrze. Eine hölzerne Brücke
führt dort hinüber, eine russische, Omsker Zimmermannskunst,

an der vier Milizionäre Wache tun.
Sie halten verdächtige Lastwagen, Fuhrwerke,
Schubkarren, Kutschen und Bürger an,
die von der deutschen Seite her Plündergut schmuggeln,
Wurst, Porzellan sowie exotische Tiere wie Adler,
Meerkatze, Tiger und Äffchen. Die Wurst wird mit Nägeln
an die Speisekammerdecke gehängt, sie duftet
durch die Holztür so stark, dass sie ein im Zimmer
schlafendes Kind mitten in der Nacht zu wecken vermag.
Auch Eier lagern in der Speisekammer,
aus denen man leichtes Goggelmoggel schlägt.
Die Tiere wohnen im Haus, der Adler fliegt alle Augenblicke
aus dem Fenster, umkreist die Mauern
und setzt sich dann aufs Fensterbrett, schnabelwetzend.
Die Meerkatze nistet auf dem Kopf, mitten im Haar,
das sie ständig durcheinanderbringt, bis es schwierig wird,
sie da herauszuwuseln. Hinter den Stadtmauern liegen
Obstgärten, dort wachsen rote Äpfel und Kirschen,
dort wachsen tollwütige Hunde,
denen man die duftende Wurst bringt,
dann gehen sie bei Fuß, wedeln mit dem Schwanz
und begleiten uns bis zum Loch im Zaun.
Das Wasser ist sauber, Krebse wohnen darin,
und auf dem Grund steht eine ertrunkene Armee
in stark verrosteten Helmen. Der Rest von Oppeln
ist leicht unterspült. Wodka bedroht die Wurzeln der Häuser,
die Häuser tragen verdorbene Frucht, klein und sauer,
bitter und schwarz. Die Mietshäuser sind alt,
sehen aber aus, als hätte jemand sie umgesetzt
und die harten Wurzeln dabei beschädigt.
Der Rest von Oppeln wirkt aus der Luft wie Rinde,
wie eine löchrige Hirnrinde).

Erst zu Hause sah der Enkel in seinen Taschen nach,
und es stellte sich heraus, dass er beim Abschied
wie durch einen seltsamen Zufall jenes heimliche Heft
eingesteckt hatte, das ganz in Latein und Hieroglyphen
verfasst war. Der Enkel schloss sich in der Toilette ein
und begann es eifrig zu studieren, um endlich seine Rätsel
zu durchdringen. Schließlich musste sich dort etwas finden,
was ihm endlich verstehen hülfe, womit er größte Schwierigkeiten
hatte – die Einrichtung der Welt und der in ihr
stattfindenden Ereignisse. Andere kamen mit diesem ewigen
Problem irgendwie zurecht und kannten gewiss Mittel
und Wege, die sehr versteckt und unenträtselt waren.
Nun hatte der Enkel die reelle Chance,
diese überaus simplen Rezepte zu entdecken,
die es ihm erlauben würden,
sich in aller Ruhe so natürlichen Dingen zu widmen
wie dem Einkaufen, Glotzen von Fernsehserien und Quiz
sowie am Sonntag dem McDonald's-Besuch mit der Familie;
damit hatte der Enkel Schwierigkeiten,
die andere Bürger nicht kannten.
Er schlug daher das Buch auf gut Glück auf
und las laut: »Sauternes, Bingen, auf Messers Spitze!«
danach Berechnungen und absonderliche Brüche.
Diese fremdartigen Bezeichnungen verwirrten ihn völlig,
zweifellos waren das die Namen von Teufeln,
die um Mitternacht gerufen wurden und von denen
eine ganze Heerschar auf Messers Spitze passte.
Ach, so war das also! Jetzt schien alles klar zu sein,
er konnte ruhig einschlafen, diese Welt ging ohne seine Schuld
zugrunde, wenn die anderen unreine Legionen zu Hilfe riefen.
Von solchen Gedanken getröstet, schlief er ein –

morgen schon sollte er fahren,
und sein erstes Ziel war Prudnik.
Am Morgen dann, als er wie gewöhnlich mit dem linken Bein
zuerst aufgestanden war und Rachen und Höhle
mit Kaffee gespült hatte, ging er kurz vor der Reise
zur Großmutter, denn der Bahnhof war von dort nicht weit,
und vor allem wollte er die Finanzen für Reise,
Fahrkarten, Stullen und Repräsentationszwecke regeln,
denn da er als Gast zur Familie kam,
war den Kindern Schokolade mitzubringen
und mit den Älteren ein gutes Fläschchen zu leeren.
Die Großmutter gab ihm also eine Plastiktüte,
die sie nach langem Suchen unter Federbett,
Laken und einer dicken Decke gefunden hatte,
wo sie vor den Augen Neugieriger verborgen war.
Die Tüte enthielt ungefähr fünfhundert Złoty nebst
ebenso vielen Dollar, der von der Gemeinde gesammelte
Fonds für die Sache. Der Enkel sollte diesen Betrag
nach Gutdünken verwenden, um Gottes willen aber
nicht alles ausgeben, da es auch für andere Zwecke
im Zusammenhang mit der Expedition gedacht war.
Mit guten Wünschen für die Reise versehen,
suchte er rasch den Busbahnhof auf, denn die Zeiten,
da mit der Bahn man nach Prudnik fuhr, waren längst vorbei.

Siebte Station: Der Bus

Gewiss hat sich unser verwirrter Leser selbst einmal
auf jenem Bahnhof befunden, einem von Tausenden
und doch einzigen und unvergleichlichen in Gottes weiter Welt,
von wo aus die Busse auseinanderkrabbeln in Stadt und Land,
die reine Aura des blassen Morgens an Vorfrühlingstagen
zerschneidend. Von oben, aus einiger Entfernung betrachtet,
wimmeln sie in allen Richtungen, transportieren schnurrend
und brummend, stinkend und pupsend die verschlafenen
Legionen der Einheimischen, die sich weder ihrer Position
zum Mond und benachbarten Himmelskörpern noch der Stellung
ihres eigenen Körpers bewusst sind,
hilflos ausgeliefert den geheimnisvollen Strömen
und physischen Pressionen in einem Transportmittel,
wie der PeKaEs es ist. Der Enkel stieg ein
und kaufte seine Fahrkarte direkt beim Busfahrer,
dann nahm er seinen Platz über dem Rad ein,
ungefähr in der Mitte des Fahrzeugs,
und legte seine Knie geschickt für die lange Reise zurecht.
Und das war, anders als es scheint,
nicht auf die leichte Schulter zu nehmen,
denn jeder, der einmal mit solchem Transportmittel reiste,
weiß, wie wichtig es ist, Knie und Beine
an der dafür vorgesehenen Stelle zu betten.
Als jemand, der die Normen der PeKaEs für die Beinlänge
um fünfzig Zentimeter überstieg,
musste der Enkel seine Extremitäten günstig verstauen,

um die Reise in ihrer Gesellschaft fortsetzen zu können;
da er vom häufigen Reisen geübt war, kostete ihn
das keine fünfzehn Minuten. Man weiß ja,
dass niemand vollständig auf die Sitze passt,
deren Konstrukteure die Passagiere aus Sorge
um ihre Form und Gesundheit dazu zwingen,
ständig neu nach einer bequemen Position zu suchen
und den Körper gymnastisch zu üben, einschließlich
Rückgrat und sämtliche Anhängsel,
zumal wenn der Passagier enge Hosen trägt.
So sah man Menschen, die nach einer Fahrt von Opole
bis Komprachcice aus dem Fahrzeug flach aufs Gesicht fielen
vor Freude und Dankbarkeit, dass sie endlich ins Freie durften.
Man sah auch solche, die sich die ganze Fahrt wie toll
gewunden und in ihrer Lokalsprache,
den Gästen aus Warschau schwer verständlich,
zu sich selbst gesprochen hatten, und andere, stillere.
Diese konnten, wenn der Bus anhielt, nicht allein aussteigen,
da sie die Fahrt in einer so bizarren Stellung der Arme und Beine
verbracht hatten, dass sie danach trotz
wahnwitziger Anstrengungen ihre Extremitäten nicht wieder
zu strecken vermochten. Und obwohl ihnen die Mitreisenden,
der Fahrer und die örtlichen Bewohner halfen,
kehrten die Unglücklichen häufig allein mithilfe
der Fortsätze nach Hause zurück, besonders des Daumens,
der bei der Phase des Abstoßens von der Fahrbahndecke
nützlich war.

Als der Enkel sich nun in Form eines polnischen »Ż«
gebettet hatte, konnte er sich in Ruhe dem Studium
der Natur jenes Ortes widmen, an dem er sich befand.
Und es war dies ein Busbahnhof der PeKaEs.

Vielleicht nicht das Herz der Stadt, so doch gewiss
ihr Dickdarm und eigentlich der ganze Verdauungs-
und Ausscheidungstrakt in einem. Jeden Morgen,
noch in der Dunkelheit, kam hier die Blüte der Jugend
aus den umliegenden Dörfern zusammen, hier verschlang
die Stadt sie als unentbehrliche Nahrung,
um sie des Abends wieder auszuspeien in arg verbrauchter
und unfrischer Form. Hier währte den ganzen Tag
die Peristaltik der blauen Busse, hier trafen sich
Chadsaj und Wasserpolack auf einer Bank, hier kam es
zu Handel, Verlusten, dreisten Diebstählen, Betrügereien,
zu ersten Lieben und leidenschaftlichem Getatsche
auf den Hinterbänken. Hier wurde mit dem marxistischen Stolz
der proletarischen Klasse aufs Pflaster gespuckt,
hier wurden Baguettes überbacken und Chips gegessen,
Polocockta getrunken, Damen- und Herrenjournals gelesen.
Hierher verirrte der einsame Ukrainer sich
auf Suche nach Arbeit und der Trupp Zigeunerinnen,
um sie zu meiden. Schließlich konnte man hier
die Zusammenfassung des Tages hören, die oral History
von Liebe und Gesellschaftsleben, wenn die guten Freundinnen
nach ihrem in verstreuten Stellungen verbrachten Arbeitstag
zueinanderfanden. Hier wurde am lautesten geflucht,
hier endlich konnte man auch prügeln und in den Ärmel rotzen
sehen. Sämtliche Sprachen vermengten sich hier
zu einer mächtigen Symphonie, die mit dem Motorgepfurz
und dem faden Abgasnebel zu den Wolken aufstieg
und bewirkte, dass die Pupillen der Reisenden
jegliche Farbe und Hoffnung fahren ließen.

Jetzt fuhr das Fahrzeug an. Ein Autosan, sehr populär
in diesen Regionen, Nachfolgemodell des Jelcz,

auch Fass-Bus oder Riesengurke genannt,
einst der Schrecken der hiesigen Ortschaften.
Gleich nach dem Start war auch schon das in solchen Fällen
normale Beben und Vibrieren zu spüren,
das allmählich alle Teile der Maschine erfasste,
ausgehend vom Motor, den Zylindern, den Kolben
und Klötzen bis hin zu den Sitzen,
von den Sitzen wieder zu den anliegenden Gliedern
der Herrschaften Passagiere. Kurz darauf zitterten
schon sämtliche Scheiben und der daran gelehnte Kopf
gab einen recht hohen und ziemlich durchdringenden Ton von sich,
indem er auch Zunge und Zähne zum Zittern brachte.
Nach kurzer Weile schloss sich auch das Gehirn dem Gerummel an,
und die Reise gewann völlig neue Farben und Qualitäten.
Gemeinsam durchgerüttelt, fügten die Passagiere
dem Chor der Laute ungewollt die Geräusche ihrer Zähne
und inneren Organe hinzu, die, unbefestigt,
durch den gesamten Organismus schepperten.
Erfüllt von solcher Musik, spielend und singend,
brummend und trompetend, knurrend und prustend,
nahm der Bus Geschwindigkeit und Abgase auf,
die bald den Innenraum dichtestens mit ihren Fluiden füllten.
Alles – Sitze, Scheiben, Scheibenwischer,
die bunten Fähnchen zu Häupten des Fahrers –
vereinigte sich in einer geistigen Ehe
mit dem Wesen der zahlreichen Passagiere,
denn die Leiber gaben rüttelnd die Seelen
dem öffentlichen Anblick preis. Und wenn das auch nicht immer
ein schöner Anblick war (es gab nämlich Seelen,
so scheußlich, dass ihren Anblick nur ertrug,

wer sein ästhetisches Weltbild mit Wodka stärkte,
andere hingegen völlig nackt, was wiederum Kindern und Frauen
im vorehelichen Alter untersagt war),
so verlieh es doch der ganzen Reise
besonders dramatische oder, wenn der Leser will,
besonders erhabene Züge. Die Seelen im Reinzustand
benahmen sich allerdings ziemlich ungehobelt,
verkehrten bei jeder Gelegenheit miteinander,
wobei deutlich erkennbar war,
dass die von der Tradition geforderte, allzu strikte
Teilung der Geschlechter dabei nicht verbindlich war,
und den größten Zulauf genoss aus unbekannten Gründen
die umfangreiche Seele des Busfahrers, ein Spektakel,
das die zurückgebliebenen sterblichen Hüllen ungemein
verbittern musste. In jener gewaltigen Sauna des Autosan
sah man auch Seelen, die schon zu Lebzeiten Wehwehchen
und Kummer litten und nun ohne Sinn und Verstand
um die Lüftungsklappen tollten, im fruchtlosen Versuch,
in die Weite zu entfliehen, als wüssten sie nicht,
dass es ein Ding der Unmöglichkeit war, in einem PeKaEs
die serienmäßig verschweißten Fenster zu öffnen.
Also heulten sie unsäglich klagend,
was dieser Symphonie ungehörte Klänge hinzufügte.
Das geübte Ohr nahm zudem einen anderen Ton wahr,
eine falsche Note, die sich plötzlich etwas tiefer
vernehmen ließ, ausgestoßen von einer schon zu Lebzeiten
verdammten Seele, die in ihrer Einsamkeit heulte
und ungetröstet irgendwo über dem Kopf unseres Enkels,
in der achten Reihe, jammerte. Hinter ihr, paarweise,
standen in düsterer Reihe die wasserpolnischen Seelen,
alle von gleicher Dichte und Frequenz,
ein Viereck bildend, hinter ihnen hüpften ungeordnet,

zänkisch und schreiend, laut und trampelnd
die gehörnten chadsajischen Seelen auf und ab,
immer wieder gegen die doch schwarze Kuppel
des Fahrzeugs drängelnd. Manche von ihnen waren
so deutlich gebrandmarkt, dass man sie von Weitem erkannte
– so tief und schmerzlich war das Mal ihnen eingebrannt
und machte sie zum Hohn und Gespött der anderen.
Ihnen nach krabbelten, überall die Nase hineinsteckend,
die Seelen der Zentristen, die rein polnischen Seelen,
die gebaut waren, wie Seelen es meist sind, aus Nichts.

Der Autobus hatte indes längst die lieben
und wohlvertrauten Stadtgrenzen von Oppeln verlassen
und war schon tief in der schlesischen Provinz.
Schon sah man die ausgreifenden, bequem über die Flur
gebreiteten Dörfer, und jedes Haus darin war ein Vorbild
an Ordnung und Geduld, wegen der Klötzchenform
und der klobigen Natur seines Inhalts.
In den mit reichlich monumentalen Zierpflanzen
bestandenen Gärten wuchsen Gartenzwerge und Gipsrehe,
auch sah man künstliche Fliegenpilze,
wunderhübsch restaurierte Gießkannen und Eggen,
so aufgestellt, dass sie dem Gehöft zu Zierde
und Schmuck gereichten. Diese Dominanz von Keramik-Fauna
und stillem Leben bewirkte gleichwohl,
dass die wasserpolnischen Seelen, die bisher stur
und schwer geschwiegen hatten, nun zu summen begannen,
leise erst, ein sehnsuchtsvolles Lied mit deutlichem Rhythmus
in deutscher Sprache, wozu sie eine Marschkolonne
ganz vorn im Bus formierten. Denn sie witterten Heimat.
Zur selben Zeit stellte der Fahrer das lokale Wunschkonzert
im Radio auf volle Lautstärke, in dem das süße Schmachten

der schlesischen Schlager sich mit dem sehnenden Geheul
des Hornes mischte, das im nahen Forst zur Jagd blies.
Die erhabene Stimmung des Augenblicks teilte sich
nicht den Seelen nur, sondern auch den Leibern mit,
die trotz der Qual der unbequemen Sitze in Kampfhaltung
blieben,
bereit zu Manövern in geschlossenem Bataillon.
Diese Chorgesänge verursachten ein elektronisches Gewitter
und stürzten die chadsajischen und rein polnischen Seelen
in schwärzeste Verzweiflung, sodass sie, überholt und übertönt,
auf Rache sannen. Der Bus kam derweil an Górażdże,
Chorula, Gogolin und anderen melodischen schlesischen
Ortschaften vorbei, und überall gingen einige Fahrgäste ab,
andere stiegen hinzu, die Landschaft aber blieb unverändert
– man fuhr durch die ordentlichsten Dörfer im ganzen Staate,
Dörfer mit Bürgersteigen, Fahrradwegen, ordentlichem Asphalt,
einer von der Gemeinde unterhaltenen Feuerwehr,
einer Vielzahl von Einkaufsläden, vor fremdem Blick
verborgenen Autos, gekachelten Bädern und Gartenzwergen
in der Bar, während die Gärten reihenweise von Thujen,
Zypressen und strammstehenden Sträuchern bewachsen waren,
auch von der bei den hiesigen Stämmen äußerst beliebten
Friedhofs-Flora. Viele Jahre lang fuhr dieses Volk
jeden Sommer zur Arbeit nach Deutschland und legte Groschen
auf Groschen, bis es für den Kauf eines Betts
mit eingebauter Lampe, Spiegel, goldenem Drehknopf
und Ehefrau reichte. Die Figuren damenhaften Geschlechts,
die auf der Straße vorüberhuschten, zeichneten sich
durch ungewöhnlich frostbeständige Frisuren aus,
ein Erfolg der deutschen Schwerindustrie.
Die Tiere blieben glücklich exakt an den ihnen zugewiesenen
Stellen, sodass Unfälle nicht zu verzeichnen waren,

als der rasende Autobus den Marktplatz des Städtchens schnitt,
um in einer Staubwolke wieder zu verschwinden,
wenngleich dem Fahrer, das sah man,
die Seele in die Hose gerutscht war.

Der Enkel indes, der als Einziger der Versammelten
seine spirituell-somatische Identität bewahrt hatte,
machte sich über die aus dem Reisefonds am Kiosk
gekauften gesalzenen Nüsse her,
wobei er in großer Gedankenleere einmal nach draußen,
dann auf die Rückenlehne des Vordersitzes starrte.
Und da er nichts Schöngeistiges mitgenommen hatte,
begann er die Aufschriften auf den Sitzen zu studieren,
denn bekanntlich herrscht in Polen die Sitte,
überall dort, wo man etwas hinkritzeln kann,
ein flüchtiges literarisches Schaffen zu entfalten.
Ganz eigenartige Dinge fanden sich da, Reisenotizen
und intime Bekenntnisse, gereimte Gedichte auch,
meist aus dem Bereich der Anatomie und des Harngenitales,
die wir hier aus Sorge um die Reinheit der Gattung
unserer Darlegungen nicht zitieren wollen.
All das war hübsch illustriert mit Zeichnungen
der gleichen ästhetischen Couleur.
Die Landschaft vorm Fenster veränderte
ihr bisheriges Strickmuster allmählich,
die Straße führte jetzt durch eine hügelige Gegend
mit kleinen Hainen, farbenfrohen Feldchen,
Obst- und Ziergärten. Bunt durcheinander wuchsen die Blumen,
hemmungslos zum Licht drängte jede von ihnen,
und dazwischen, im Gedränge und Gestöber, Mohrrüben,
Zwiebeln, Porree und Petersilie. Alle zusammen bildeten
einen scheckigen Teppich, aus dem Malven in die Höhe schossen,

immer wieder die Sprossen der alten Holz- und Lattenzäune
umwindend, die seit Langem unangetastet dastanden,
so sehr waren sie von Zaunwinde und Windröschen überwuchert.
Aus einem Haufen gelber Narzissen wuchsen bisweilen
große Sonnenblumen empor, noch unerfüllt,
auf denen sich Stare und Spatzen niederließen.
Andere Teile der Wirtschaft, des Obst- und Nutzgartens
dagegen machten den Eindruck,
als sei niemand seit dem Krieg mehr dort gewesen,
als wären sie womöglich bis heute vermint.
Besonders die Winkel am Zaun, hüfthoch mit Brennnesseln,
wildem Gesträuch unbekannter Provenienz zugewachsen,
wo die nie gesuchten Äpfel fielen
und man altes Landwirtschaftsgerät verrotten ließ.
Verlassenes Gut war auch mitten auf dem Hof zu finden
– eine alte, rostige Egge, ein Karosserieteil
von der Syrenka oder ein Haufen Ziegelsteine oder Draht,
über alles liefen die Hühner, und Disteln bedeckten
Schutt und Trümmer – daran erkannte der Enkel
auf Anhieb die chadsajischen Siedlungen
in annähernder Reinkultur, weil sie die Nonchalance der Form
mit dem spielerischen Reiz des Überraschungseffekts verbanden.
Der für diese Topographie ungemein charakteristische Gestank
erfüllte allmählich den Bus. Der Fahrer, alarmiert,
schaltete sofort das dröhnende Radio aus,
und von nun an hörte man im Bus Gesang,
Gelächter und Gequietsche. Die chadsajischen Seelen,
die sich endlich fast wie zu Hause fühlten,
begannen zu scherzen, zu trinken und Kippen zu rauchen,
und manche endlich, noch erfüllt von den Ausdünstungen
gestrigen Konsums, gingen in die Hocke
und legten einen virtuellen Kasatschok

zu heftig schmerzenden Häuptern der Reisenden hin.
Manche von ihnen materialisierten sich vor lauter Rührung
irgendwo an der Decke, denn am Abend dieses Tages
fand man auf dem Boden des Busses Kartoffeln,
Piroggenfüllung und Zwiebelreste.
Unser Held dagegen konnte diese Erregung
und den Enthusiasmus nicht teilen,
und statt der sorglosen Jahre seiner Kindheit zu gedenken,
die er sommers in jenen Gegenden verbracht,
rief er sich ernsthaft in Erinnerung,
was er heute gegessen hatte,
seit er früh bei Großmutter aufgebrochen war,
vielmehr rief sich das alles von selbst in Erinnerung,
mit schöner Regelmäßigkeit, geradezu proportional
zur Abfolge der Hügel, Anhöhen und Täler,
über die geschwind der kleine Bus hüpfte.
Als Erstes sprach aus den Tiefen seines Wesens
das schon am Morgen verzehrte Müsli mit Joghurt zu ihm,
zweifach vollständig mit Kaffee begossen, und rief:
»Kehr um, kehr um, bevor es zu spät ist!«,
danach riefen die Stulle mit Wurst, die Haferflocken
in Milch, das süße Brötchen mit Käse,
gemischt mit Tee und Kohlsuppe,
ihn mit schwacher Stimme beim Namen und stöhnten gequält:
»Denk an uns, Unglückliche, wie wir hier leiden,
im finsteren Verlies!«, und diesem Chor, der an Macht zunahm,
um den im Fahrzeug veranstalteten Eiertanz bald
gänzlich zu übertönen, schlossen sich die Höllenklagen
der am Bahnhof verzehrten Chips und zwei Schokoriegel an,
dazu das, was er im Bus gegessen hatte,
und das ganz spezifische Ferment,
das die Polocockta verleiht. Das Leben kennt nicht,

wer nie diese Krankheit gelitten. Denn sie gibt
mit großer Ehrlichkeit alles wieder,
was der Natur entnommen war,
sie drückt auch die ganze gemischte Langeweile
der Existenz aus, weil sie das gesamte Innenleben
dem öffentlichen Urteil aussetzt, das ganze Interieur,
das die Magier von Wien bisher nicht zu erkunden vermochten,
Leere in ihrer krassesten Form. Eine Krankheit ist es
schließlich, die aus dem Menschen herausholt,
was das Tiefste an ihm ist und wozu allein der Jesuitenpater
Zugang hat: die Seele. Wie anders sollte sich dieses größte
aller menschlichen Geheimnisse offenbaren in der Welt
als durch eine Krankheit, gewaltsam und plötzlich,
in Form eines Geysirs, in Gestalt unfester Magma
und eines Plasmas mit tausenderlei seltsamen,
undefinierten Farben? Ach, du Kind von Scheibenzittern
und Skysitzen! Erstaunliche Romane wurden über dich
geschrieben,
Sartre und Balthasar widmeten dir ihre Erinnerungen,
dir galt Furcht und Zittern. Seekrankheit, Reisekrankheit!
Du erst erlaubst den wahren Verkehr mit dieser Welt,
und deine Botschaft, sie ist so schmerzlich wie wahr!
Unsere ganze Vergangenheit enthüllt sich in dieser Botschaft
auf einen Schlag, da kommt alles raus und ist
auf einmal sonnenklar! Dich nicht zu erleben heißt,
nie des Lebens Flachheit zu erfahren, vanitas vaginatum,
den Weltschmerz ums Herz, die perfekte Langeweile
und Melancholie weiter Reisen. Du allein
machst uns die Unvollkommenheit des Seins bewusst,
ein Blick in die Augen des Reisenden, den du gerade
leise an die Kandare nimmst, genügt!
Wie er fährt, abwesend, ganz auf sich selbst konzentriert,

auf den inneren Kampf mit dem, was in seiner Tiefe verborgen,
dem Unbewussten, das nach Licht und Luft und Freiheit strebt!
Wie er fährt, ohne zu fahren, ohne zu fallen fällt,
und ohne Zögern zögert! Als wäre in einem großen Traum
er gefangen, in eine Glaskugel gegossen, schläfrig offenen Auges,
gähnend im Gedränge, leicht angegilbt, steif im Körper,
in seinem Innersten aber noch immer schwankend
zwischen Apathie und Ideal, zwischen Elend und Leere.
Wie oft musste man eine Plastik- oder andere Tüte mitnehmen,
wie oft auf freiem Feld oder an einer Haltestelle anhalten
und schnell ins Gebüsch rennen. Verlorene Jugend,
vergiftete Wissbegier. Selbst Reisen in exotische Länder
endeten immer mit dem großen Kotzen statt der erwarteten
Ekstase.
Auf diese Weise aber erfuhr die Seele selbst eben mehr
über die Welt, als der Leib mit seinem Teig je konnte.
Wie viele Leute schluckten, um dich zu vertreiben,
vorher das Heilige Aviomarin, das Gefühl und Lebhaftigkeit
für viele Stunden vor und nach der Reise raubte,
ohne doch die Krankheit zu bannen. Diese Leute
stiegen dann aus, weiter entfernt,
als ihre entferntesten Verwandten je wohnten,
und konnten beim Aussteigen nicht annähernd sagen,
wie sie hießen und welches das Land ihrer Väter sei.
Sprechen konnte man zu ihnen, auch bewegten sie die Gesichter,
doch Laute kamen nie gehörte aus ihnen heraus,
eine Art Klatschen. Und wie viel trat bei einer solchen
Eruption zutage! Wie viele komplizierte Bestandteile
des menschlichen Wesens, wie viele Fragmente, Farben,
Magmen, unbewusste Schichten, unverdaute Dinge
und Erinnerungen!

So war es auch mit unserem Enkel, der schon seit
einiger Zeit versuchte, den in ihm kochenden Vulkan
nach Kräften so lange zu bändigen, bis die Stadtgrenze
erreicht wäre. Prudnik kam näher, schon erkannten
die nebelverwachsenen Augen mit Mühe den steil
kletternden Kirschweg, der seinen Namen längst verwilderten
Kirschbäumen verdankte, die ihn säumten.
Schlecht stand es offenbar um unseren Helden,
denn verzweifelt begann er den bekannten Bannfluch
»Bingen, Sauternes!« auszusprechen, sehr abgehackt
und immer deutlicher, jedoch mit geradezu gegenteiligem Effekt.
Sie kamen nämlich an einer berühmten Kneipe vorbei,
in der jeden Samstag Blut vergossen wurde und in der er
selbst einige Male als Kind eingekehrt war,
weil man ihn etwas oder jemanden holen geschickt hatte,
zu unklarem und vergessenem Zweck, zum Glück nur kurz
und flüchtig, sodass er keine allzu tiefen Wunden davon-
getragen hatte, außer denen im emotiven Gedächtnis.
Schon waren sie unter dem Viadukt hindurch,
schon sah man die ersten Mietskasernen und an der Ecke
die Molkerei, ganz in Silber, mit einer riesigen Milchpfütze
im Hof, die seit Freitag dort stand und mit monströsem
Farbspiel gerade versauert war, schon verlangsamte
unser Bus seine Fahrt und der Fahrer sah
die Haltestelle näherkommen, bremste schon,
schon erhob sich der Enkel, blau und groß und schrecklich,
die Augen stier, das Haar nach links, die Lippen schmal,
schon trat er an die Tür, drückte die Klinke, öffnete,
drehte sich um – so gut war er erzogen – um »auf Wiedersehen«
zu sagen, als jener Geruch, der Molkereigeruch
in die Nase ihm stieg und seine Seele, die lange beengte,
als Einzige die ganze Reise über nicht aus dem schweren Leib

gerüttelte, plötzlich explodierte und den Herrn Busfahrer sowie die Reisenden in der ersten Reihe überreichlich mit ihrer Essenz beglückte.

Achte Station: Prudnik

Nachdem er wie durch ein Wunder seine Seele gerettet
und am Ende halbwegs wieder mit seinem Körper vereint
hatte, befand sich der Enkel, erlöst,
in Gänze auf dem Bürgersteig von Prudnik nach jener Reise,
und dieses war nicht allen Reisenden gegeben –
immer wieder fand der Fahrer beim Aufräumen
eine verlorene Seele, deren Körper längst irgendwo
ausgestiegen, verschollen, verschwunden war.
Solch ein Seelchen hängte er sich oft als Talisman
über das Lenkrad, oder vielmehr als Warnung,
dass es dort baumle bei Gefällen und Bremsmanövern.
Der Enkel aber war ganz! Wenn du eine Reise tust,
so bitte darum, dass sie lang sei –
schrieb Kanapis, der schaffnernde Dichter,
den der Enkel in seiner Jugend las.
Doch jetzt war er ganz, zwar ungewöhnlich erschöpft
und mit dem Futter nach außen gewendet,
aber endlich ganz, ganz und in Prudnik.
Gleich brach er auf, um in deutlichem Bogen
den Milchgestank der Zinkmolkerei zu umgehen
und verdrehte zu diesem Zweck akrobatisch die Beine,
eben noch die Bodenhaftung wahrend, in Richtung Park,
oder besser gesagt, in das Gestrüpp und die Gänsewiese
gleich neben der Haltestelle. Dort wollte er einen Augenblick
rasten und seine von der langen Fahrt erschütterten Glieder
zur Ruhe bringen, denn obwohl er schon

vor einer Weile ausgestiegen war,
drehten die Passanten sich immer noch um
beim Klang des klimpernden Kleingelds in seiner Tasche
und der begleitenden Gebiss-Synkopen.
Dort aber war, von den fernen Sudeten her fließend,
von der Bischofskoppe, ein verzauberter Fluss,
der seit den Siebzigerjahren schon seine Wasser
jeden Wochentag in anderer Farbe wälzte, wegen der Färbereien
und Stoffgerbereien. Er verlieh, zur Freude der Bewohner
und zahlreichen Touristen, der Stadt ihr spezifisches Kolorit.
Montags war das Gewässer rot, zum Zeichen und zum Ruhm
der hier ungewöhnlich werktätigen Klasse, die nach dem Sonntag
in die nahe Schuh- und Turnschuhfabrik arbeiten ging.
Dienstags dagegen nahmen seine Wasser
einen ungewöhnlich intensiven Indigoton an,
Phantasie pur. Mittwochs war das Flüsschen gelb,
donnerstags flaschengrün *foncée*. Freitags wiederum
war es von leicht brauner Färbung, sonnabends
dagegen schlüpferblau, ein gutes Omen für die Tänze am Abend.
Und sonntags, am geheiligten Tag, war es schwarz,
aus unbekannten Gründen. Offenbar musste die Direktion
die Folge der Farben wöchentlich mit dem Ortskomitee
der Vereinigten Partei abstimmen.
Derart schöne Aussichten begleiteten den Enkel
seine ganze Kindheit, bis zur Krise, als die Färberei
die Stoffe nur noch rosa und rostfarben färbte, ein Leichtes
dank der Korrosion der hiesigen Wasserleitungen.
Erst seit dem Fall der Kommune protestierten die Umweltschützer
gegen die Färbung des Wassers, seitdem ließ die Direktion
von Zeit zu Zeit reines Lösungsmittel in den Fluss gießen,
um einen natürlichen Wasserteint zu erzielen.
Dies war gewiss auch der Grund, dass dem Enkel,

als er unwillkürlich in den Strom die Hände tauchte,
um sich nach schwerer Reise Ablution zu erteilen,
der ganze Dreck abging, Ruß und Fett, und zum größten Teil
auch die Nägel der Vorderfinger. Derart entstellt
und tief erschüttert, begab er sich in Richtung Bahnhof,
auf dem Weg dorthin wohnte, unweit vom Konsum,
der Teil der Familie, den er aufsuchen wollte.
Um dorthin zu gelangen, musste er wieder an der
furchtbaren Molkerei vorbei, dann an der Schule
und schließlich über einen Pflasterweg, vorbei an schönen
Gärten und Arbeitervillen, dann kam er ans Ziel
und betrat den Hof. Wie wohlvertraut! Wie seiend!
Ein begrenztes Universum, und doch unendlich,
unweigerlich verzwergend mit der Zeit in Maß und Materie,
doch unermüdlich wachsend in Träumen und Erzählungen.
Abgeschlossen von vier Seiten, mit einer einzigen Ausfahrt
zur Straße, auf die sogar eine Syrenka in ganzer Breite
passte, bildete es ein Viereck, dessen erste Seite
das Haus mit vier Wohnungen war, die gegenüberliegende Seite
ein kleineres Gebäude mit vier Kammern und sonstigen Räumen
– Waschküche und Hühnerställen, die beiden übrigen Seiten
dagegen wurden von Zäunen und einer großen,
Garage genannten Bude begrenzt, deren Tore
mit Bitumenpappe beschlagen waren, wie sie in Polen
zum Dachdecken verwendet wird. Jenseits der Bretterzäune
hingegen erstreckten sich Gemüse- und zoologische Gärten,
heute liliputanisch, früher unerforschlich.

Doch keine Stimme und kein Seufzer drang jetzt
über Maschendraht und Bretterzaun,
dabei erinnerte sich der Enkel doch,
dass hier früher Hausvieh aller Art gelebt hatte

und im Gesträuch Lebewesen nicht ganz häuslicher Art
dankbar schäkerten und prusteten, die eher mythologischen
Gärten
und Hühnerställen der Phantasie zuzuordnen waren.
Da zeigte sich manchmal ein Bilwitz,
manchmal eine blinde Vettel, manchmal ein Feiglaps,
im Sommer ein Wippsterz, eine Kruke und ein Taperlake.
All diese Wesen lebten in großer Eintracht
und paradiesischer Symbiose mit den hier eher legal
gehaltenen Hühnern, Enten, Gänsen und Ziegen,
den krakeelenden Truthähnen, einer schrecklichen Liliputrasse,
und dank der Lecktrifizierung gediehen hier außerdem
ganze Herden von Kaninchen, Schweinen, Nutria, Milzbrand
und Staphylokokken. Zu den Zuchterfolgen zählten
aufgrund häufiger Besuche der Wirtsleute
und ihres engen Verhältnisses zum eigenen Inventar
auch zahlreiche Arten von Klonen, Mutanten und Genotyp-
Varianten,
Erfolge, die amerikanischen und chinesischen Labors
trotz jahrelanger Mühen versagt blieben.
Leicht erfasste das geübte Auge zahlreiche Ähnlichkeiten
zwischen den hier sich tummelnden Kinderscharen
und manchem Hausgetier: Hühnerblick oder Truthahnkröpfe
waren nicht selten. Auch unter den Älteren fanden sich
Karnickelgesichter, schwere Sprachfehler wie ein ausgeprägtes
Kollern oder ein Ziegen- oder Gänseakzent.
Es gab auch deutliche Anklänge an das Schweinevieh
– solche Individuen machten in Zeiten der Kommune
aber rasch Karriere im Bezirks-Komitee der Vereinigten Partei
und kreuzten sich dort weiter, gingen bei den septischen
und sanitären Verhältnissen in die Breite
und sitzen heute bestimmt bequem im Sejm.

Auf diese simple Weise war die hiesige Bevölkerung
physisch und psychisch ihrem Zucht- und Viehbestand
recht ähnlich. Heute jedoch herrschte hinter den Zäunen
eine unergründliche und absonderliche Stille,
ein trügerischer Schein, denn als der Enkel seine Fühler
dem Lattenzaun näherte, sprangen aus den nahen Blumen
sogleich vier große Bestien hervor, brüllend,
den Rachen aufreißend und die vorderen Schneidezähne
bleckend.
Der abrupte und perfide Angriff bewirkte,
dass der Enkel diese Geschöpfe, die aus Schwein,
Ziesel und gewiss dem Teufel selbst zusammengebacken schienen,
nicht sogleich als Hunde erkannte,
die jetzt den Nachbarn gehörten – zumal er einen Anfall
von Schwäche und Rasen des Herzens bekam,
das in seiner starken Erregung versuchte,
durch die Maulöffnung unten im Schädelgesicht das Weite
zu suchen. Zum Glück kamen die Bestien nicht über den Zaun,
sondern führten jenseits der Latten die Tätigkeit
ihrer Speicheldrüsen vor, sodass unser Enkel
seine zitternden Glieder eiligst evakuieren konnte.
Nachdem er sich nach Möglichkeit und medizinischem Wissen,
das er seinem Schliff als Pimpf und Pfadfinder-Wölfling
verdankte, zusammengeklebt hatte, fand der Enkel Zuflucht
im Eingangstor, wo er, nachdem er die Türflügel
hinter sich zugeschlagen hatte, auf Dunkelheit stieß.
Er ging also behutsam wie auswendig,
und traf nach vierzehn vergeblichen Versuchen
mit dem Fuß die allererste Stufe,
die unter seiner Last ein entsetzliches Stöhnen und Knarren
von sich gab. Das war die Holztreppe, unermesslich alt,
selten gebohnert, wer auf sie trat,

glich einem inspirierten Künstler, der die Klaviatur
seines ziemlich kaputten Cembalos von den tiefsten
bis zu den allererhabensten Partien bespielte.
Die Stufen, geteilt nach Stimmen und Farben,
unterschieden sich durch das Jammern,
das sie gleich einem Kirchenchor von sich gaben,
und der Enkel hatte, als er sie beschritt,
die Besuche in der hiesigen Pfarrkirche vor Augen,
wenn die Weiblein, die gleich in den ersten Reihen saßen,
nach dem Absingen der vorgeschriebenen Melodien
in Trance gerieten und von sich aus einige
spontane Lieblingslieder intonierten. Manchmal gelang es daher,
wenn man nach unten lief, mithilfe der Stufen
ein ganzes *Gaude Mater Polonia* abzuspielen.
Auch jetzt, als er hinaufstieg, hatte er seine jungen Jahre
vor Augen, und jeder neue Laut der verzogenen Bretter
öffnete ihm neue Gedächtnisräume, und neue bisher
undurchdrungene Löcher erschienen vor ihm wie ein riesiger
Käse,
das Labyrinth der Erinnerung. Wie in der Kinderzeit
erklang einmal *Wenn das Morgenrot sich hebt*
und *Mein Gott, was hast du Polen*, am Ende wieder
Lobet die bemaiten Wiesen und die Stimme, die ihn leitete,
führte ihn bis ganz nach oben, irrlichterte und verführte
ihn, bis der Enkel vor lauter Zerstreutheit mit dem Kopf
gegen die Tür stieß, die das Ende dieser Wanderung markierte.

Von der Kraft der reinen Vernunft gestoßen,
öffnete die Tür plötzlich sich mit großem Krach
und entbarg dem Blick ein Halbdunkel, spärlich erleuchtet
von den hier in seliger Schwerelosigkeit
schwebenden Staubpartikeln, Pollen und Bakterien.

Durch die Ritzen zwischen den Dachschindeln
und zwei kleine Oberlichter fielen Sonnenstrahlen
auf den Boden, ähnlich Garben goldenen Strohs
oder Saiten der äolischen Harfen, flüchtig in der Luft
von Milben angezupft. Sogleich verspürte der Enkel auch
infolge der Tätigkeit der Pollen und feindlicher Diversion
der Partikel in den Nasengängen ein Exsudat der Schleimhäute
und eine Störung der Augapfelaktivität,
sprich Weinerlichkeit, womit er sein Leibchen
und die Oberkleidung, von der Reise ohnehin nicht
übermäßig reinlich, reichlich befeuchtete.
Weinend und schniefend, ging er vorsichtig weiter
und betrachtete mit tränenden Augen das Land
der Erinnerungen, das sich ihm hier erschloss.
Der Dachboden war nämlich nach herrschender Sitte ausersehen
als Ort, wo alles mögliche alte Gerümpel und Kroppzeug,
das in der Wohnung störte, hingetragen wurde,
alte Briefe, Postkarten, Bilder, Möbel, eine Uhr,
Medaillons und Alben mit Fotos. Auch ein Schrank stand hier,
der Teil einer Anrichte, vier Koffer mit Büchern
noch aus der Zeit der großen Flucht,
der erste Fernseher mit Kalziumkarbidantrieb,
Schuhe und ein Schachspiel.
So begann der Enkel in diesem Königreich zu kreisen,
wanderte unterwegs alle Provinzen ab,
die sich ihm in Staubwolken unterwarfen,
grüßte mit Schluchzausbrüchen immer neue Stationen
auf dem Pfad seiner Erinnerung. Das Trugbild
der Vergangenheit schwebte über diesem Erbe
und stieg bei geringster Bewegung aus den Schubladen auf.
Sein Kinderspielzeug erkannte er, die Lektüren der Kindheit
und ganze Stapel der »Familienmagazine«,

die in den Siebzigerjahren durch die schwierigen Bereiche
des volksdemokratischen Gemeinschaftslebens führten.
Hier auch erblickte er Bücher mit den Abenteuern
von Tomek Wilmowski, mit dem er die Tugenden der Geografie
erlernt hatte, und eine von alters her erhaltene Ausgabe
des »Polnischen Magazins« mit einem Foto,
auf dem bezaubernde Angehörige afrikanischer Stämme
des befreundeten Mosambique den Abschlagsreigen tanzten,
lediglich mit Lippentellern bekleidet,
wobei sie deutlich erkennbar den Mund bewegten.
Auch ein Gemälde auf Leinwand sah er, oder besser,
einen Fetzen davon, das einen beträchtlichen Teil
der Muttergottes mit Hand darstellte, ausgestreckt ins Ungewisse,
denn die weiteren Teile waren bei den Wirren verschollen,
von Plünderern geraubt, und einen Teil hatte Franek Jabłoński
im Suff vergraben, um es zu retten, konnte sich nur bis heute
nicht erinnern, wo und unter welchem Strauch das war.
Derart Haken schlagend zwischen diesem und anderem
Brennmaterial, gelangte der Enkel an die gegenüberliegende
Dachschräge, wo ein großes, größtenteils zerfressenes Ehebett
stand, schön verziert mit einer ganzen Girlande von Spinnweben
und Fliegenfängern. Auf dem halb zerlegten Bett bemerkte er
eine sitzende Gestalt, gewiss dereinst altersbedingt mitsamt
den Möbeln hierhergetragen, um Platz in der Wohnung zu
schaffen,
und dann alsbald vergessen. Sogleich dachte er auch,
dass diese Gestalt ihm bekannt sein müsse und bestimmt
eine Tante oder ein Onkel aus seiner Familie sei,
deshalb druckste er höflichkeitshalber ein »meine Verehrung«
und lüftete galant den Mützenrand. Das Ausbleiben
einer sichtbaren Antwort aber erfüllte mit Unruhe den Enkel,
vergleichbar etwa der, die er empfand, als er das Epos

von King-Kong im Fernsehen sah. Die Unruhe war jedoch
eher metaphysischer Natur, ihr lag nämlich die fast
völlige Verstopfung der Nasengänge und der Mundkanalisation
zugrunde, sowie die Vertränung der Augäpfel,
was auch die Unterbrechung des Kontakts mit der materiellen
Welt
und eine rein passive, behavioristische Aufnahme
äußerer Reize durch die Ingangsetzung sinnesüberschreitender
und transintellektueller Erkenntnisorgane bedeutete.
Die Gestalt, die er in so bedrohlicher Reglosigkeit
und vermeintlich seit Jahrhunderten währender völliger Stille
sitzen sah, erschien ihm plötzlich wie die Offenbarung
des Allmächtigen Gottes, denn wo, wenn nicht genau hier,
hätte diese Erleuchtung, in all ihrem Wesen, statthaben sollen.
Dieser Gedanke erfüllte ihn mit metaphysischem Schauder
und Imperativ. Der Dachboden war doch, nach den Grundsätzen
der Genfer Kritik, der passendste Ort dafür.
Sogleich begann auch der Enkel mit großer Anstrengung
im Gedächtnis nach ähnlichen Ereignissen zu graben,
die ihm aus früher gesehenen Filmen bekannt waren,
und gleich als Erste fiel ihm die Szene aus dem dritten Teil
der *Tödlichen Falle* ein, wo der Held namens Baruch S.,
nachdem er sich die Späne seiner Glasschleiferei
von den Händen gestreift, die knarrende Treppe
zu seiner Mansarde hochsteigt und dort Gott sieht
oder eine Person, die sich dafür ausgibt,
und mit ihm ein Gespräch über seine Lebenspläne
und Karrierechancen führt. In der Erinnerung an diese Szene,
und genauer noch das Ende des Films, kniete der Enkel
in Tränenströmen, zutiefst gerührt und zitternd vor Nässe,
schwungvoll nieder, schlug die Knie in Kot und Staub,
rief laut »mea culpa« und »in vino veritas«.

Da hörte er so etwas wie ein feines Geräusch,
eine Art Seufzen oder Brummen, doch fehlte ihm der Mut,
den Blick zum göttlichen Antlitz zu heben,
er hätte ja leicht dabei erblinden können.
Der Laut indes wurde etwas deutlicher,
und gleich darauf so richtig zudringlich.
Da hob er vorsichtig, reichlich schwitzend,
den Kopf und sah voller Angst,
dass die Gestalt auf dem Bett in Bewegung geriet
und gleichsam langsam in die Höhe stieg,
wobei sie deutlich in andere, immer kleinere Gestalten
zerfiel. Ein Wunder, ein sichtbares Wunder von Gottes Natur
war das, und mit dieser Bewegung standen auch die Haare
auf des Enkels Kopf zu Berge, wie vom Zauberstab gerührt.
Schon wollte er schreien, erfüllt von Grauen,
wollte schon rufen »Te Deum« und »quo vadis«,
da erkannte er – ja! leider! – er kannte dieses Geräusch.
Ein Summen war das! Und es schwoll an, es wuchs,
schüchtern zunächst, leise, mächtiger und mächtiger
in dem Maße, wie nach und nach Tausende neuer Insekten
aus dieser Gestalt heraus durch die ganze Mansarde flogen.
Ein Wespennest! Leicht am Dachbalken befestigt
und also einem menschlichen Kopf ähnlich, gewaltig, bärtig,
sodass der Enkel es anfangs für die vergessene Tante
gehalten hatte. Der falsche Kopf summte jetzt in einem fort,
schaukelte nach allen Seiten, schaukelte immer nur
und entließ Schwärme von kleinen bösen Haudegen,
spie geflügelte Geschosse aus Ohren und Augen.
Jetzt kam Leben unter das Dach, und der Enkel
spürte die Pfoten jener Insekten schon unter dem Hemd
und unter der Mütze, sogar in seinen Hosenbeinen,
und trotz der Verstopfung von Höhlen und Gängen stieß er

seinen furchtbaren Schlachtruf »Sauternes! Bingen!« aus,
um dann, ohne ein Wort des Abschieds, auf die Treppe
zu stürzen, unterwegs Tausende feiner Spinnweben zu zerreißen,
die überall wie nasse Windeln zum Trocknen hingen.
Derart dekoriert und weiterhin in Eile, platzte er
in die Wohnung, das Ziel seiner ganzen Reise,
wo unter der Nummer drei sein Cousin mit der Familie logierte.

Wie groß war sein Erstaunen, als er statt Koseworten
zur Begrüßung nur Entsetzensgebrüll zu hören bekam
und die Hausbewohner, verschreckt von seinem Gesicht
und wildem Benehmen, sich hinter den Möbeln
im Esszimmer versteckten und sich trotz Flehen und Drohen
kategorisch weigerten, dahinter hervorzukommen.
Erst nach einer globalen Wäsche im Badezimmer und Trennung
sämtlicher Spinnenschichten von Speichel und Phlegma,
Reiseruß und anderen rein vomitalen Ablagerungen,
gingen sie an die offizielle Begrüßung.
Doch während sie vor der Badezimmertür warteten,
dass er sich die letzten Ablutionen gebe,
konnten sie ein ganzes Spektrum von Seufzern,
Schreckens- und Wutschreien hören, als der Enkel
immer neue Hüllen seiner hartgewordenen Maske
mithilfe eines Löffels und einer Seifenlösung abhob.
Sogar der Augenblick, als er sich endlich bis zu seiner
wahren Physiognomie vorgegraben hatte, bedeutete noch nicht
das Ende dieses Ringens, denn der Enkel, äußerst unzufrieden
mit seinem Gesicht, nahm notwendige Korrekturen
und Verbesserungen daran vor, benutzte dafür Arbeitsschutz-
Paste
und Pumex, bis er schließlich, arg lädiert im Bereich
des Epithels, herauskam. Nach diesem Ritual, durch ein Wunder

von den Angehörigen wiedererkannt, ging er daran,
sie einzeln zu begrüßen. Gleich darauf gab es Mittagessen,
was der Enkel vorausgesehen hatte, als er listig früh genug
aus Oppeln losgefahren war. Mit dem Essen,
und danach mit einem Kaffee bewirtet,
trug er in knappen Worten sein Anliegen vor
und lud dringlich zur gemeinsamen Expedition
in die heimatlichen Regionen und zur Beteiligung
an den Kosten, zur Unterstützung der Kirchengemeinde
von Gliniany und der Versöhnung der Brudervölker.
Und da das Thema des Gesprächs und sein Gewicht
einen klaren Verstand, eine wendige Zunge und scharfes Urteil
verlangten, holte der Cousin aus geheimem Ort
ein Fläschchen Wodka, was der Enkel, schließlich abstinent,
mit Widerstand und Unwillen quittierte.
Da die Diskussion aber rasch zur Einigung
und einem gemeinsamen Nenner alias Standpunkt fand,
leerte der Enkel, wenn auch widerwillig – weil abstinent –
ein zweites Glas. Da kam durch einen glücklichen Zufall
ihrer Gesellschaft, die schon heftig qualmte,
der Nachbar zur Verstärkung,
der für seine künstlerischen Vorlieben bekannt war,
denn er konnte drei oder vier Wanderlieder gleichzeitig singen,
arrangiert mithilfe der Synkope und halbvoll Apfelsaft
in einem Glas, während er den Rest dazuimprovisierte,
oder indem er Tonic mit Zitrone und drei Teilen
reiner Kunstfertigkeit mixte. Unter derart schwierigen
und glücklichen Umständen der gemeinsamen Konferenz
begab sich der Enkel mit dem Cousin in einen Nachtladen,
wo er mit sichtlichem Widerwillen eine dritte Flasche kaufte,
schließlich war er abstinent, und sein Gewissen,
seine aufrichtig guten Absichten und der Wille zur Besserung

schlugen sich allmählich in seiner Artikulation nieder.
Nach diesem Ausflug und dieser Flasche,
nachdem zudem sämtliche Getränke geleert waren,
die für Ostern und Kommunion in der Hausbar lagerten,
ging man in der einhelligen Meinung zu Bett,
dass Gewicht und Charakter der Sache eine Fortsetzung
der Beratungen am folgenden Tag verlangten.

Am nächsten Tag stellte der Enkel,
wenngleich auferstanden von den Toten,
fest, dass er mit dem Nachbarn dreieinhalb Meter
östlich der Schlafcouch übernachtet hatte,
auch wenn er längere Zeit keinen Zugang zur vollständigen
Datenbank und zu belastbaren Argumenten fand,
die exaktere Rückschlüsse auf die topographischen
Zusammenhänge
zwischen Zeit und Raum erlaubt hätten, in dem er sich befand.
Ähnliches galt für die Determinanten seines ontologischen Status,
der irgendwie verblüffend unterhöhlt war, und sein Sein
von beunruhigender Leichtigkeit.
Als er dann seine angeborenen natürlichen Eigenschaften
wiedergewonnen hatte, suchte er im Eilbetrieb nach dem Bad,
das in solchen Fällen, nach Tacitus, zu einem Ort
der Konfession und oralen Expiation wird.
Ob das nun der schlichten Einrichtung geschuldet war
oder der bescheidenen Schönheit des Regals, oder ob
ihn am Ende der phantastische Wand- und Bodenpilz bezauberte,
jedenfalls vertrieb sich der Enkel dort die Zeit
bis zum frühen Mittag, offensichtlich ganz versunken
in eine lebhafte Plauderei mit seinem innersten Tiefen-Ich,
denn die von dort zu hörenden Laute klangen tiefgründig,
in der Tat. Die Sippe der Neffen kam indes von der Arbeit zurück

und lud zum Essen, danach zu weiteren Beratungen,
was der Enkel mit diplomatischem Dank hinauszuzögern suchte,
indem er sich einen Augenblick nach draußen begab,
angeblich um frische Luft zu schnappen und die alten Ecken,
Ritzen und Winkel zu besuchen. Er entschlüpfte,
bevor die ziemlich dicke Graupensuppe in den Teller gegossen
wurde und sein Schönheitsempfinden ästhetisch verletzen konnte,
und ging die Stiegen hinab, sang darauf *Besieger des Todes,*
der Hölle und des Satans sowie *Wenn das Morgenrot sich hebt.*
Dann begann er mit altem Seglerschritt die nicht allzu fernen,
sichtbaren Stätten zu explorieren, ohne aber die sichere
und angemessene Entfernung zu Zäunen und Einfriedungen
aus den Augen zu verlieren. So gelangte er unbemerkt
zu einer Seitenkammer jenes gegenüberliegenden Gebäudes,
die eigentlich keine richtige Kammer war,
sondern eine Waschküche im wahrsten Sinne des Wortes.
Hier befand sich ein riesiger Kessel,
hier auch stand seit Urgedenken ein riesiger Waschtrog.
Hier wurden Bettwäsche und Windeln gekocht, gerührt
und unter Wasser getaucht mithilfe länglicher Stäbe,
Stachen genannt. Hier vollzog sich in Dampfgewölk die Zeremonie
der Stärkung unter Mitwirkung aufgeknöpfter Hausfrauen.
Hier auch kam es zu kollektiven Bädern, denn sowohl Waschtrog
als auch großer Kessel wurden in der Vor-Badezimmer-Ära
als Wanne genutzt, und die ganze Waschküche diente
den Erwachsenen als Badeanstalt. Einmal im Monat vielleicht,
oder vor Feiertagen, konnte man durch die Ritzen
der Brettertür sehen, wie zu Dampf und Gequieke jemand
jemand anders einseifte, wobei die kindliche Einbildungskraft
es an sich hat, einmal gesehene Tatsachen aufzubauschen

und ihnen phantastische Akzente zu verleihen.
Kein Wunder also, dass die Kinder in ihren Berichten schwören
wollten, sie hätten gesehen, wie das eingeseifte Teil
in der Hand angeblich um ein Fünffaches gewachsen sei.
All das ist der Phantasie, Illusion und unklarer
Sicht zuzuschreiben, schließlich auch sträflichen Mängeln
in den Grundkenntnissen von Thermodynamik
und männlicher Hydraulik.

Hier, in dieser Umgebung, fanden einst die meisten Spiele
mit den Kindern der Nachbarschaft statt, wie Tomate,
zwei Feuer, Verstecken, Einszweidrei die Hexe guckt,
und davon abgeleitete, also Doktor- und Indianerspiele.
Hier auch war die Basis für Raubzüge und Forschungsexpeditionen
in andere, noch unerforschte oder feindliche Terrains,
hier kam es zu schrecklichen Begegnungen mit der Dicken Zosia
und hier nahmen die ersten Lieben ihren Anfang,
harmlos natürlich, in vitro. Doch wenig war geblieben
von jener heroischen Zeit, anstelle der Bretterbude
ragte eine Wellblechgarage empor, an der Stelle des Hühnerstalls
war ein betonierter Grillplatz. Schwer betrübt
zog der Enkel weiter, um endlich die Orte der Jugend zu finden.
Den Bahngleisen wandte er sich zu, wo sich vor Damm und Viadukt
die Waggonwiese erstreckte. Zugewachsen wie in guten Zeiten,
sah sie doch sehr aufgeräumt aus, was ihrem Namen abträglich war,
da man sie bisher kannte als Gelände, auf dem
gebrauchte Waggons entsorgt wurden, indem man sie
vom Damm ins Gras kippte. In der großen Mehrzahl
waren das Tankwagen oder Fahrgestelle, arg verrostet,

von den hiesigen Kindern zu ausgeklügelten Spielen adaptiert.
Vor allem dienten sie ihnen als Bodenerhebungen,
die man über Metallleitern ersteigen konnte,
um dann mit Geschrei auf die Erde, ins hohe Gras zu springen,
oder, den Filmen nach, von einem auf den anderen,
vom zweiten auf den dritten zu springen,
um endlich auf gleiche Weise vom letzten zu stürzen.
Beifall fanden dabei phantasievolle Flüge,
beurteilt wurden Technik und Dramatik der Ausführung
sowie Stil und Spontaneität. Zusatzpunkte gab der
besonders häufige Landungseffekt, es kam nämlich vor,
dass der Springer mit so großem Schwung aufschlug,
dass er von der Erde abprallte und sich malerisch
den Kopf an besagtem Tankwaggon stieß und ihm dabei
einen so rührend reinen Ton entlockte, dass man bisweilen
sogar in Prężynka auf dem Feld innehielt,
das Mähen ließ, niederkniete und sich bekreuzigte
in der Überzeugung, es läute der Engel des Herrn;
da zog man zum zweiten Frühstück die Stulle mit Brot
und den Tee mit Strom aus der Aktentasche,
trollte sich mit den Schnitterinnen ins Heu,
denn nach schwerer Arbeit ist es Zeit für leichte Sitten.
Verschwunden von der Wiese war auch der Bus,
ein Relikt aus Giereks übersatten Zeiten, Typ Riesengurke,
ohne Fensterscheiben, Türen und Motor, dafür hervorragend
als Spielplatz geeignet und Fluchtort bei Gewitter.
Dort im PeKaEs lernte der Enkel spielend die notwendigen Regeln
der Kommunikation in den Massenverkehrsmitteln,
von dort auch stammt die spezifische Verehrung,
die er Abgasen heute entgegenbringt. Einzig wie früher
geblieben war das Gebüsch, die hohen Disteln,
Hederich, Heckengestrüpp und Rharbarber, in dem bis heute

gewiss mancher ältere Siedlungsbewohner noch hockte.
Auch hier gab es nämlich Fälle, von der einschlägigen
Presse aufmerksam registriert, dass dic Älteren,
nachts von plötzlichem Lkw-Gepolter auf der Straße geweckt,
in der Überzeugung, die Bolschewiken seien gekommen,
sie nach Sibirien zu verschleppen, oder die Räuber
zückten schon die Streichhölzer, oder die Tschekisten
suchten nach einem Kulaken, oder, was Gott verhüten möge,
eine Requisition – in Unterwäsche ins nahegelegene
Gebüsch flohen, um dort bis zur Klärung der Sache
hocken zu bleiben, ohne Leben, ohne Atem, in der Hoffnung,
der Traum würde zerplatzen, das Böse vergehen,
der Alb zerrinnen.

Weiter kam er nicht mehr – vor ihm war der Viadukt,
hinter dem in den seligen Zeiten der Kommune Getreide
durch ein großes Rohr aus den Silos in die Kipper geschüttet
und doch nie richtig getroffen wurde, weil weder Rohrlenker
noch Fahrer nüchtern waren. Davon aber lebte
die hiesige Bevölkerung, die am Straßenrand mit Eimer
und Schaufel lauerte. Zur Linken wiederum stand das letzte Haus,
in dem früher Ania Gąsiorek gewohnt hatte, des Enkels
großer Schwarm als Kind. Sogleich fiel ihm die Geschichte
dieser Beziehung wieder ein, recht stürmisch und hitzig,
begonnen mit Wettläufen auf dem Bürgersteig,
die der Enkel übrigens schmählich verlor, sodass er
Revanche schwor und von nun an dem hübschesten Mädchen
auf der Straße nachlief, das ziemlich geheimnisvoll war,
denn ihr Vater war vor Langem gestorben,
während ihre Mutter Fotos aus Griechenland, Italien
und Australien schickte, sehr braungebrannt,
immer in Gesellschaft gutaussehender Herren,

die rittlings mal auf Hammeln saßen, dann wieder
auf Maultieren oder auf Känguruhs, unbedingt aber
mit Schnurrbart. Die Geschichte der Liebe ging geheimnisvolle
Pfade im Garten, wo sie sich trafen und aus dem
der wütende eifersüchtige Liliputaner sie vertrieb,
über den Weg, der an den Gleisen zu den Teichen führte,
wo die umliegende Bevölkerung Picknicks machte
und man gegen Abend jemanden im Wasser ertrinken sehen
konnte,
aus dem Fenster des Zimmers, in dem unser Held schlief
und aus dem er das Schlafzimmer seiner Angebeteten sah,
durch die Kammern, in denen die dicke Zosia sie beide
einmal eingeschlossen hatte, um sie zu Küssen oder Doktorspielen
zu zwingen, bis, ja bis hin ins ferne Australien,
wohin Ania schließlich auf Einladung ihrer Mutter fuhr
und von wo sie dem Enkel ein Jahr später ein Foto schickte,
das sie braungebrannt am Strand zeigte, in Gesellschaft
zweier ansehnlicher Blondschnäbel. Sie verloren sich
aus den Augen, und er hörte nie mehr von ihr.
In solch traurige Gedanken geriet der Enkel, als er den Viadukt
passierte. Hinter dem Viadukt führte der Weg wie eine linke
Grade
nach Prężynka, wo die Stämme der Paradowskis wohnten,
die zur Kultur der Berets mit Antenne und Selbstgedrehten
aus Machorka gehörten und ebenfalls mit der Familie
verschwägert waren. Auch sie galt es zur Teilnahme
an der Sache einzuladen, zu dem Zweck musste sich
allerdings jemand von eisernem Charakter dorthin begeben,
um zuvörderst die Herrschaften oben in der Scheune
zu finden, tief vergraben in Heu und Stroh,
schlafend nach ermüdenden Arbeitsunfällen.
Sanft musste er von der Heugabel Gebrauch machen,

um ja niemanden von den Geschwistern zu sehr aufzuspießen,
besonders die Frauen nicht. Beim Senior der Familie
war die Sache einfach, denn er trennte sich nie
von der Filterlosen, die inzwischen mit seinen Lippen
verwachsen war und auch während des Schlafes weiterglimmte
– dann kräuselte Rauch auf zwischen Strohhalmen
oder aus dem nassen Heu. Was Anlass gab zu mehreren
grandiosen Feuersbrünsten, zu denen das ganze Dorf
mit Trecker, Kutsche, Pferd und Mähdrescher zusammenströmte,
sogar aus Prudnik die Freiwillige Feuerwehr,
denn der Kommandant stammte aus Trembowla und war ein
entfernter Bekannter der Familie. In diesen Fällen
wurde bis in den Morgen gegossen, und die Dame des Hauses
musste danach peinlich berührt die ganze Gesellschaft
vom Hof aufsammeln, weil niemand mehr die Kraft hatte,
auf eigenen Beinen nach Hause zu gehen
und die Feuerwehrmänner manchmal nicht einmal mehr
imstande waren,
ihre Spritzen einzustecken und die Uniform zuzuknöpfen.
So kehrte er um, besorgt von der aktuellen Aussicht,
warf einen Blick aufs Fenster des Zimmers,
in dem er damals geschlafen hatte, als er verliebt war,
und in dem vorher die Urgroßmutter Marie gewohnt hatte,
die in ihm hundert Jahre alt geworden war, auf dem Bett liegend,
im leichten Halbdunkel, und ihre Angehörigen vor Alter
fast nicht wiedererkannte, sich aber sehr wohl an
das Silvester 1900 erinnerte, als sie, schon verheiratet
und zwanzig Jahre alt, das erste Mal Sekt probierte,
wie zuvor der Urgroßvater ein Auge auf sie geworfen
und sie als Mésalliance seinen Eltern vorgestellt hatte
und keine Erlaubnis erhielt, bis er, weil er ja immer
auf tolle Ideen kam, die Schrotflinte vom Haken nahm

und aufs Feld ging mit den Worten, er werde sich erschießen,
wenn er sie nicht bekomme, sodass die besorgten Eltern
nolens volens endlich der Hochzeit zustimmten.
Von da an verkehrten sie glücklich in der Ehe,
wenn auch Urgroßmutter Marysia nach achtzig Jahren
immer noch nicht mit Geld umgehen und den Groschen
nicht vom Złoty unterscheiden konnte; einkaufen ging
ja immer Urgroßvater Karol, und der kaufte heimlich Bonbons,
die er in seinen Taschen versteckte.
So verging Österreich-Ungarn, vergingen der Große Krieg,
die Legionen und die Bürgerkriege und die gegen
die Bolschewiken, Piłsudski verging und die Nationaldemokraten,
die Sanacja, noch ein Krieg, Verbannung und Lager,
Metzeleien und Plünderungen, die Kommune steigerte sich
zur höchsten Perfektion, und Urgroßmutter gab ihren Enkeln
heimlich fünf Złoty, die sie noch vor Grabskis Reformen
in ihrer Socke aufbewahrt hatte. Dieses Zimmer war für immer
vom Geruch des Alters durchtränkt,
und noch lange nach Urgroßmutters Tod
betrat man es wie die Unterwelt.

So kam der Enkel an dem Zaun vorbei,
den seitlichen Gärten und kehrte mangels anderer Aussichten
allmählich zu seinen Cousins zurück,
um sich bei ihnen widerstrebend – denn im Grunde trank er nicht
– den weiteren Beratungen anzuschließen.
Nach drei Tagen beschwerlicher Konferenz stellte man
endlich fest, dass eine Expedition ohne Vertreter
wenigstens des nahen Moszczanka, wo ein riesiger
und noch gar nicht vollständig erfasster Zweig der Familie
wohnte, völlig aussichtslos war. Zu diesem Zweck
sollte der Enkel gemeinsam mit dem Cousin und einem großen Fiat

in besagte Gegend aufbrechen, einen Vertreter zu finden,
der Rest aber sollte auf ein Zeichen warten
und im Falle allzu langer Abwesenheit
die Polizei und Ermittlungsbeamte rufen.
Nach solchem Ratschluss brachen sie morgens auf,
stiegen schon um halb zwölf die Treppen hinab,
sangen ein letztes Mal *Naser Mater Polonia*,
holten den großen Fiat aus der Garage,
befestigten die Autotür mit einer Schnur,
und ab ging's.

Neunte Station: Moszczanka

Ach, wie sie rasten, über Berg und Tal,
an Feldern mit Sauerampfer, Mohn und Kohl vorbei,
knurrend und qualmend, sich gelegentlich am Steuer
abwechselten oder dem großen Fiat freien Lauf ließen,
dass er sich austobe. Auf dem Rücksitz klingelte
und klimperte die gläserne Ladung, zur Erleichterung
der familiären Kontaktaufnahme noch am Stadtrand von Prudnik
im Konsum zusammengekauft, finanziert
aus dem Repräsentationsfonds der heiligen Sache.
Ach, wie sie rasten! In ihrem Schwung verpassten sie
die ersten Gebäude und landeten im Zentrum des Dorfes,
das sich drei Kilometer weit gen Westen erstreckte.
Der Enkel hielt Ausschau nach bekannten Gebäuden,
er erinnerte sich an ihre besonderen Merkmale,
vor allem die nach Art und Geruch unverwechselbare
Verdreckung der Hauswände und Fassaden, doch das war,
wie sich bald herausstellte, kein Unterscheidungsmerkmal.
Plötzlich, von seltsamer Intuition gelenkt,
bremste der Cousin mithilfe der Pedale, der Füße,
Knöchel und Mimik des Gesichts,
was seine schlesischen Markenturnschuhe qualmen ließ
und noch dazu seltsam roch. Sie hielten an.
Aber obwohl sie standen, rasten Mägen und Zwölffingerdärme
weiter in ihnen voran, die Organe drängten nach vorn
und der ganze Organismus glitt in Richtung Blinddarm,
verpulverte seine Gänze. Sie standen. Obwohl sie standen,

brummten in ihnen noch die kinetischen Mächte
und flohen mit Getöse aus den Frontöffnungen
und vorderen Masken. Sie standen, doch das Bremsen
hatte den Zustand ihrer Gesichtsschädel in Mitleidenschaft
gezogen, meeresfarbene Adern und vielfältige Furunkel
von vulkanischem Formenreichtum traten auf ihre Stirn,
und die Augen erreichten ihren Gammapunkt,
was die späteren Gespräche erheblich erschwerte.
Sie hielten neben einer winzigen Hütte mit niedrigem,
im Gras verlorenen Zaun, hinter dem zwergenhafte
Bäumchen wuchsen. Der Cousin erklärte, genau hier sei es,
sprang beherzt aus dem Auto und näherte sich in seinen
immer noch heftig qualmenden Turnschuhen der Pforte.
Dort rief er mit weittragender Stimme nach Tante Malwinka,
einmal, zweimal und ein drittes Mal, bis plötzlich
die Tür wie von Zauberhand geöffnet wurde und sie beide
eine Frau erblickten, so zierlich und zart, dass man sie
im hohen Gras kaum erkannte. Obwohl von unerhörter Sanftheit,
war ihr Gesicht doch faltig wie ein vertrockneter Apfel,
und wiewohl sie verdient war an Jahren, funkelte
in ihren Augen ein neckischer Glanz.
Sogleich begann der Cousin den Grund des Besuchs
und die Bluts- und Heiratsbeziehungen zu erklären, denn
beide Parteien hatten sich fast dreißig Jahre nicht gesehen.
Sofort wurden sie ins Haus gebeten, doch wegen
der geringen Dimensionen der Wohnräume passte nur der Cousin
hinein, und auch das nur ohne Hinterbeine,
worauf die Tante den schweren Eichentisch packte
und ihn ins Gras vor die Hütte trug,
und gleich darauf die Stühle, damit sie sich setzten.
Der Cousin nutzte rasch den nahen Brunnen,

um seine Turnschuhe zu löschen, die die nähere Bekanntschaft
immer noch behinderten, dann nahmen sie Platz im hohen Gras,
und die Tante lief, Essen aufzutragen. Und aus dem Grase,
vom Lärm gelockt, traten eines nach dem anderen
die Schafe, ziemlich kraus. Die Tante, die gerade Piroggen
mit Grießbrei auftrug, entschuldigte sich dafür, dass
das Gras so hochgewachsen sei, niemand komme zum Mähen,
erst kürzlich habe sie sich mit Władek verabredet,
aber so lange lasse sie eben die Schafe hinaus,
damit sie etwas Gras fressen, das aber sei so gewachsen,
dass sie schwer zu finden seien, und dass sie jetzt
hier auftauchten, komme ganz unerwartet.
Tatsächlich wurde als nächster Gang weißer Schafskäse
mit Brot und Schmelzkäse aufgetragen, zubereitet
nach einem alten Rezept, das vorschrieb, den Käse
warm zu stellen, am besten gut zerkrümelt in der Sonne,
einige Tage lang, bis er eine gelbliche,
später auch andere Farben annimmt und der Geruch
die Familie und sämtliche Nachbarn aufmerksam macht.
Ein paar Tage später muss man auf die Suche gehen,
denn der Käse, lange genug sich selbst überlassen,
rührt sich vom Fleck, gemächlich erst, um dann die Fähigkeit
zum Kriechen und schneller Flucht zu erwerben,
sowie die Gabe der Sprache. Einmal gefunden
und unschädlich gemacht, ist er mit Butter und Kümmel
in der Pfanne zu braten, ohne dass man sich
von seinem Gequietsche irritieren lässt.
Serviert wird er vor dem Wodka.

Als die Tante sich gesetzt hatte, zeigte sich plötzlich,
dass am Zaun mehrere Nachbarn standen, angelockt vom
Geruch,

vom Anblick des Autos, vor allem aber
von den lohenden Turnschuhen des Cousins, fest überzeugt,
bei Malwinka brenne es, und also zum Löschen und Gießen bereit.
Es waren Tante Kazia, gleichfalls Michaliszyn,
denn das Dorf bestand hauptsächlich aus Michaliszyns
und ihren Verwandten, Hela und Bronka, etwas entferntere
Tanten, und die Tanten Marysia, Józka und Leonka,
schließlich Hala, ebenfalls Tante. Bald wischten Enkel
und Cousin ihr Gesicht ab von den Küssen und setzten sich zu Tisch,
auf dem es eng wurde – jede der Tanten hatte etwas
zu essen mitgebracht, meistens Gebäck und diverse Getränke
auf Obstbasis. Der Enkel fragte beiläufig nach den Ehemännern,
und bald stellte sich heraus, dass die meisten
dieser Frauen längst verwitwet waren,
in fortgeschrittenen Jahren, und ihre Söhne auf dem Feld
arbeiteten oder arbeitslos und schon in den Morgenstunden
nicht mehr nüchtern waren. Die Jugend bereite sich indes
zu Hause auf die Diskothek heute Abend vor, die schon
fast im ganzen Landkreis bekannt sei,
auch im benachbarten Mähren, wegen der dabei
abgehaltenen Damenschaukämpfe *Oben ohne in Badeschaum*
und sonstige Attraktionen, wie das Ausziehen der Jungs
im Saal bis auf die Unterhose, was zur Folge hatte,
dass jeden Sonnabend Massen von Zuschauern kamen,
und dank ermäßigter Eintrittskarten für Schüler und Rentner
die Disko zum Fundament der lokalen Folklore avancierte,
eine Attraktion, an der kein Baedecker vorbeikam.
Da das naheliegende Dorf in großem Maß von Eingesessenen,
das heißt Schlesiern, besiedelt war, sah man auch
jede Woche zahlreiche Autos mit deutschen Kennzeichen,

gelenkt von blonden Individuen mit ovalen Gesichtern
und Vokuhila-Frisur sowie einer großen Anzahl von
Goldkettchen
und Ohrringen, die – nimmt man zu diesem Outfit
den Trainingsanzug noch hinzu – den höchsten Errungenschaften
deutschen Stils und Geschmacks à la Bundesliga
in nichts nachstanden. Zu Ostern setzte nämlich
die große Rückkehrwelle, auch Fest Curik genannt,
in die Heimatlandschaft der Jugendlichen ein,
die es auf der Suche nach Arbeit und Wohlstand
ins Paradies verschlagen hatte und von denen viele
sich der deutschen und polnischen Staatsangehörigkeit
gleichzeitig rühmen konnten. Wegen der ausgeprägten
Arbeitslosigkeit unter der hiesigen Jugend,
wegen eines Überflusses an Zeit und eines Mangels
an Beschäftigung zeitigten diese Besuche immer messbaren
Nutzen, es kam jeweils bald zu den bei solchem Anlass
üblichen Missverständnissen und bilateralen Verstößen
gegen die körperliche Unantastbarkeit, wobei man
auf einfache Weise die neuesten Hiebe und Schläge
ausprobieren konnte, die man sich im Fernsehen,
auf Videos und überhaupt der Kultur abgeguckt hatte.
Fügen wir dem die traurige Sitte der Autounfälle
an den Straßenbäumen der Gegend hinzu,
wenn die Gäste zurückfuhren, häufig nicht mehr nüchtern,
häufig in Gesellschaft flüchtiger Bekanntschaften
des anderen Geschlechts, häufig auch mit einer Anzahl
von Insassen, die die Normen der Fahrzeughersteller überstieg,
und häufig ohne Fahrzeugführer, dann begreifen wir,
warum das Dorf jedem Samstag sorgenvoll entgegenfieberte.

So ging das Gespräch, derweil unten, im kleinen Tal,
hinter der breiten Wiese, derselbe Flusslauf rauschte,
der später Prudnik so malerisch in zwei Hälften teilt,
weiter sah man Heugarben sowie die mächtige,
alle Segnungen überragende Bischofskoppe,
und dahinter natürlich Tschechien oder Mähren,
wo es billiges und ausgezeichnetes Bier gab,
zum fast völligen Ruin des hiesigen Unternehmertums,
der lokalen Selbstverwaltung und des Ideals der Nüchternheit,
denn die Zugezogenen hatten nie Maß gekannt beim Genuss
so schwacher Dauer-Getränke, wie das Pils es ist.
Der Enkel kam ins Träumen ob solcher Aussichten,
und nachdem er kurz die Geschichte seines Studiums
und seiner Auslandsreisen referiert und lang und breit
von seinen Abenteuern, der Schwarzarbeit, den Stempeln
im Reisepass, dem verlorenen Geld, Polizei, Fluchten
und endlich der Ausweisung erzählt hatte, und als er sah,
dass sein Bericht Bewunderung, Mitleid und Sorge steigerte
und die Zuhörerinnen schon Anzeichen einer allgemeinen
Katharsis und Sensibilisierung zeigten, ging er
langsam dazu über, von der in Oppeln lebenden Familie
zu erzählen, von Großmutter Zosia und ihren Verwandten,
worüber die Zeit ihm bis zur Abenddämmerung verstrich.
Da er nun sah, dass es nicht ohne Nachspiel abgehen würde,
schickte er den Cousin das Päckchen aus dem Fiat holen.
Ob nun vom Klang des Glases gelockt, oder ob sie tatsächlich
ihr Tageswerk getan hatten, tauchten nun allmählich
die Männer der großen Familie auf, hauptsächlich vom Stamm
der Michaliszyns, aber auch der Hrycajs, Majors, Hrebenniks,
Paradowskis und Rawskis. Der Enkel sah,
was sich da zusammenbraute, und stellte die Sache öffentlich dar,
schilderte farbenfroh und so dramatisch wie möglich

die Nachkriegsgeschicke der Kirche und der Pfarrgemeinde,
die Zerstörungen durch die Bolschewiken
und die bedrückende Situation der Menschen dort,
wobei er diskret eine Träne verdrückte und sich
in den Ärmel schnäuzte. Das gab vielleicht ein Zeter und Mordio
in der ganzen Versammlung! Die Mütterchen stimmten Wehklagen
an, die Kerle knirschten zornig mit den Zähnen, so entsetzlich,
dass die Schafe mit einem Mal auf den Rücken fielen
und Tante Malwinka glaubte, sie wären für immer hinüber,
zum Glück hörte das Knirschen auf, denn kaum einer
in der Gegend hatte noch Zähne genug,
sich lange etwas zu verbeißen, und nachdem jedem Schäfchen
ein Tröpfchen Wodka ins Maul gegossen war,
standen sie alle schwankend wieder auf,
spielten mit den anderen und blökten.
Der Lärm jedoch ließ nicht nach, denn entsetzt
von der Kunde, kam die Familie lange nicht zu sich,
und zudem erinnerten die Alten sich sogleich
ihrer ganzen Jugend, die sie dort, in jenen Gebieten
gelassen hatten, gerieten ins Sinnen und schwiegen.
Um des Gewichts der Sache ließ man gleich die zwei
ältesten Personen der ganzen Familie kommen,
dass sie mit Rat und Humor zur Seite stünden.

Dies waren Antoni Major und Kazimiera Michaliszyn,
altersgrau beide, aber von überaus nüchternem Blick.
Von zwei Seiten des Dorfes wurden sie gebracht,
auf Krücken gestützt, und das Gespräch nahm sogleich
eine andere Wendung. Großvater Antoni war nämlich
ein unschätzbarer Kenner in Ostfragen, hatte er doch
mehr als sechzig Jahre in jenen Gebieten gelebt,

hauptsächlich in dem Dorf Żeniów, Kreis Bóbrka.
In der österreichischen Armee hatte er gedient,
in den Julianischen Alpen und bei Gorizia gegen
die Italiener gefochten und von dort seine Liebe zu Kaffee
und Tomaten mitgebracht, dort auch hatte er Kriegsruhm
gekostet,
als er mit seiner Kompanie eine italienische Feldküche eroberte
und vierzig leichte italienische Alpini-Schützen
mit zweiundvierzig leichten Mädchen gefangen nahm,
wobei die Alpini nach Hause geschickt wurden,
nachdem man zuvor Tabak und Wein gegen Konserven
und Fusel getauscht hatte, welch letzteren der Schütze Hnida
sogar in den Bergen brannte. Danach diente der Großvater
unter Piłsudski als Ulan im zwölften Podolischen
und jagte den Bolschewiken, nicht ohne regelmäßig
seine privaten Güter aufzusuchen, zum Tränken des Pferdes.
Aus jener Zeit trug er den noch immer rüstigen Säbel
mit eingraviertem Schriftzug »Gott, Ähre, Vaterland«,
den im ganzen Krieg nicht aus der Scheide gezogen zu haben
er schwor. Heute kam er in Begleitung seiner sieben Söhne,
und alle warteten, dass er als Senior der Familie
und der ganzen Gegend das Wort ergriff.
Selbst der Enkel schluckte vernehmlich
und rieb sich die verstaubten Augen,
als er ihn erblickte, auf einem Stuhl getragen
von diesen sieben Söhnen, deren jüngster an die siebzig
Lenze zählen musste, ein Greis mit silbergrauem Schnurrbart
und einem Ungetüm von Säbel, in Schlafrock und Schlappen.
Alle erstarben und hielten den Atem an,
um dem Weisen das rhetorische Feld zu überlassen.
Da hob er zu sprechen an und sprach ziemlich lange,
mit furchtbarer donnernder Stimme, immer wieder mühevoll

sich erhebend, die Arme reckend, säbelfuchtelnd.
Leider verstand wegen seiner zahlreichen Zahnlücken
niemand ein Wort, und sogar die in solchen Fällen
ungewöhnlich hilfreichen Söhne konnten nicht viel
von den Worten des Alten übersetzen, denn schon der jüngste
von ihnen litt an ähnlichen Altersgebrechen.
Die versammelte Gesellschaft, von der unverständlichen Ansprache
dennoch erheblich bewegt, wandte sogleich sich
an Großmutter Kazimiera, die ja bekannt war dafür,
dass man nicht einmal genau wusste, wie alt sie eigentlich war.
Sie selbst behauptete, sich noch an die Zeit vor der Teilung
und den Sieg bei Wien zu erinnern, als König Johann der Dritte
über Zadwórze nach Lemberg zurückkehrte, ja,
sie behauptete sogar, sich genau daran zu erinnern,
wie das Zaporoscher Heer unter dem berühmten Hetman
Doroschenko durch jene Gegend an die Moldau zog
und die Wodkafahne der Armee schon drei Tage
vor ihrem Eintreffen im Dorf zu riechen war,
wo sie zuerst das Hausgeflügel, danach auch die Vögel
des Waldes verenden ließ. Sie konnte über die Aufstände,
die Requisitionen, Verbannungen und Vergewaltigungen
sprechen, deshalb konzentrierte sich alle Aufmerksamkeit
der Versammelten jetzt auf sie. Sie hub auch an zu erzählen,
schlief aber ihres hohen Alters wegen schon nach der ersten
Silbe ein, die allgemein unterschiedlich interpretiert wurde
und lautete: »Oj!«. Ein schwer beschreibliches Gezeter
und Gebrüll folgte ihrem Auftritt. Die einen schrien,
man solle hinfahren, sich das angucken, andere rieten davon ab
und schreckten mit der Mafia, Räuberbanden, Elend
und mangelnder Gastfreundschaft, wieder andere betonten,
dass dort bis heute jene lebten, die eigenhändig gemordet

und geplündert hätten, und andere drängten darauf,
sich sofort auf den Weg zu machen, immer wieder wurde
das Glas erhoben, und bald waren von dem Päckchen aus Prudnik
nur leere Flaschen geblieben. Sie wurden auf wundersame Weise
durch volle, wenngleich sehr trüben Inhalts, ersetzt,
was auf Selbstgebrannten oder Fusel hiesiger Lizenz
hindeutete, wovon der Enkel ungern und gezwungenermaßen
kostete.
Dabei musste er sich schreckliche Erzählungen vom letzten Krieg
anhören, über scheußliche Morde von Nachbars,
oft sogar Bruders Hand, als auf wildeste Art hingemetzelt wurde,
wer Polnisch sprach oder einen polnischen Vornamen trug,
über Morde an Frauen, Kindern, Greisen und über
den unermesslichen Kummer, dieses Land verlassen zu müssen,
über den Hass zwischen Familienangehörigen, über Tränen,
die in der Überzeugung geweint wurden, das Meer
vergossenen Blutes zwischen den Völkern könne
nie mehr auseinandertreten. Sogleich wurde auch
unter den Sprechenden der Allpolnische Jugendverband
gegründet,
dem zwei Siebzigjährige unter der Forderung beitraten,
den Ukrainern das Land wieder abzunehmen, das Polentum
und das Reich gegen die Barbarei zu verteidigen,
den Erben ihre Güter im Osten zurückzugeben
und das Volk dort wieder zu unterdrücken,
doch Tośku Major, der plötzlich die Deutlichkeit
der Rede wiedererlangt hatte, brüllte ihnen ins Ohr
»Geh doch in' Mais und scheiß« und knallte einem seinen Säbel
an die Birne, traf ihn jedoch nur unglücklich mit dem Griff,
sodass es ohne Gefallene abging. Es kam auch zu anderen Akten
gesellschaftlicher Kommunikation und interpersonalen
Engagements,

zu gemeinsamen Trinksprüchen und Gesang, bis der Enkel,
der spürte, dass allmählich die Sprache ihm wegblieb,
der Blick vertierte und wo die Zunge war,
ein schreckliches Knäuel sich knotete,
mit letzter Kraft ausstöhnte »Sauternes, Bingen«
und schwer nach vorne sank zwischen Teller und Tassen.

Derweil dämmerte es allerorts und über den Hügeln
glänzte ein Feuerschein von heißen Farben, Kreisen
und Konturen, der langsam Besitz ergriff von Bäumen
und schwarzen Sträuchern, von den Menschen,
so wie sie da standen, von Häusern und Scheunen,
Hütten und Schobern, der Tiere in gleißende Käfige sperrte,
helle Hüte den Menschen aufsetzte, um sich am Ende
in Flammenstaub zu verwandeln, der leichtfüßig alles
übertanzte, von allem trank, sich von allem nährte
und dafür nichts als kleine Fünkchen gab,
die rings umher verglühten. Bis diese Flamme,
von Nacht berührt, sich in Sauerstoff und Kohlengas
verwandelte und der Reihe nach alle dort Versammelten
in Schlaf entließ.

Ganz unnötig brach der Morgen an und der Enkel,
auf dem Ofen in der Küche erwacht, wohin gnädige Hände
ihn getragen hatten, konnte sofort nach Betreten des Hofes
das Ausmaß des Schlachtfelds ermessen,
das übersät war mit Dutzenden Schlafender
in den verwegensten Posen, deren Akrobatik dem Geschlecht
manchmal nicht minder als der Natur widersprach.
Einige schliefen eng umarmt, so sehr verstrickt,
dass sie Außenstehende um Hilfe bitten mussten,
andere waren schon verstrickt nach Hause zurückgekehrt,

trotz aller Bemühungen um klare Verhältnisse.
So war es im Fall von Pohrybennyk und Hościubiński,
die seit Jahren Hass und Verachtung füreinander hegten,
weil ersterer den zweiten als Bandera-Bandit beschimpfte,
zweiterer dagegen die verfluchten Pollacken hasste,
bis just zu diesem Abend, an dem sie aus gegebenem Anlass
beschlossen hatten, sich endlich zu verbrüdern
und den Rest des Lebens gemeinsam zu verbringen.
Andere hatte der Schlaf akkurat in dem Moment übermannt,
als sie sich endlich aufraffen wollten,
coram publico zu sprechen, und ihren Körper mit Mühe
über die Zechgenossen erhoben. Jetzt lagen sie quer
über dem Tisch mit ausgestrecktem Finger, zum Denkmal
erstarrte Wegweiser für künftige Generationen.
Andere wieder waren mitten im Streit eingenickt,
mit gebleckten Zähnen, deren Adressat nicht mehr zu ermitteln
war. Man fand auch solche, die vergessen hatten,
woher sie stammten, sich aber gern dem Lärm und Gesang
anschlossen. Die meisten lagen auf der letzten Schanze,
neben dem Kofferraum des Neffenautos –
dort waren sie gefallen bei dem Versuch,
mit bloßen Händen die letzte Batterie zu nehmen,
die in dem Stimmengewirr des Gelages vergessen worden
und nur zur Hälfte geleert war, weil die Kämpfenden
endgültig ihre Kräfte verließen. Im hohen Gebüsch
um den Tisch herum waren nicht alle sogleich zu erkennen,
manche tauchten erst in dem Moment auf, als Tante Malwinka,
die Schelmin, sie mit Brunnenwasser begoss
und eine Schüssel Rührei auftrug, bei deren Anblick sich
auch Schafe und Hammel gleich zeigten. So begann der Tag,
der letzte vor der großen Reise,
ein Tag, so einfach und schön.

Zehnte Station: Der Zug

Mit dem Zug zu reisen, heißt das nicht,
den Tod transzendieren? Die Bewegung der Räder,
ihr Kreisen, die Lösung von der Welt,
ist das kein Eintritt in ein anderes, ganz unbekanntes Leben?
Ist es nicht vollkommene Konzentration auf sich selbst,
da der Körper, entführt aus der Welt, viele Stunden
untätig bleibt? Ist nicht das Reisen mit dem Zug
die vollendete Figur unseres Wandels und Vergehens?
Und der Film über die unberührbare Welt,
der im Fenster abläuft, ist er kein Souvenir unseres Seins?
Die Langeweile des Reisens, wenn wir auf einem Vorortbahnhof
Stunden warten, bis das Signal sich senkt, zwingt sie
uns nicht, uns selbst zu überschreiten, doch irgendeinen Sinn
in uns, in unserem Dasein zu finden, den zu erkennen
uns die Konzentration bisher fehlte? Man muss einen Grund
in sich finden, zu sein, die Zeit allein gibt ihn
uns nicht, alles Warten ist leer, wenn wir nicht wissen,
wie lange es dauern soll und was sein letzter Grund sei.
Und kann dieser Grund ein anderer sein als alles,
was bisher Futter war und Ursache der Existenz?
Sind wir nicht dann erst Menschen, und schmückt unser Sein
mit Natur sich, vermählt mit Essenz sich die Existenz?
Sind wir nicht dann erst wirklich, wiewohl ausgeschlossen
von weltlichen Dingen, im eigenen Abteil, in einer eigenen Welt,
gesondert von jenen, die auf dem Bahnsteig bleiben?
Ein anderer Zustand der Besinnung also, eine andere Form

des Seins? Ist demnach die Zugreise kein Bild des Todes?
Bedeutet sie nicht, ihn zu erleben? Ist nicht sie die prophezeite
Ewigkeit, ihr Emblem und Geschmack? Nicht die Verbindung
von Sein und Nichtsein, Metapher des Traums?
Der Zugfahrplan, ist er nicht unverkennbar Index des Buches
über die Gestalten der Welt, ihre Kopien
und unsere Verkörperungen? Wie oft stehen wir am Bahnhof
und wählen uns je nach Abfahrtzeit des Zuges
eine neue Version der Welt? Und wie oft verändert diese Welt
sich mit der gerade abfahrenden Bahn, zu der wir uns
trotz allen Eifers verspäten?
Und jener Zug selbst, Personifizierung einer Ordnung
und Harmonie, die einst in dieser Welt herrschten,
Personifizierung der Majestät von Macht, Kraft und Sicherheit,
Beständigkeit und Staat, viel mehr, als Armee, Polizei
und Post es je vermögen – er organisierte in verschlafenen
Städtchen das Leben, er war der Gesandte ferner Welten,
stand für Stärke, Macht und Sicherheit, der Bahnhof eine Festung,
ein Philosoph jeder Stationsvorsteher.
Dieser Zug also, der solche Macht und solches Recht in sich
vereinte, ist er nicht Schicksal, Kraft und Bestimmung?
Dampf und Feuer, Ruß und Eisen, eiserne Bahn,
der Welten Lauf.

Traurigkeit der Gleise, Melancholie der Bahnhöfe,
rostige Achsen, schwarzes Geheimnis! Dieser Nebel
der Bahnsteige, Gesang der Signale, Weichenelegie
kurz vor der Abfahrt. Kennt ihr den Dreck der langen Geländer,
der Wartesäle, Bars und Raucherhallen, der Bänke,
den Gestank der Toiletten? Kennt ihr den Ruß der Züge,
den fetten Raureif, der sich im Schlaf, beim Fensterblick,
im Gespräch auf der Haut des Reisenden lagert?

Kennt ihr den Geschmack des Rostes, den elektrischen Geschmack
von Metall, die Luft voller Kohlenmonoxyd,
winziger Partikel verbrannter Briefe, Grippebakterien
und gelber Depression? Hat jemand von euch je gehört,
wie auf den Bahnhöfen Abfahrten, Ankünfte
und Verspätungen angesagt werden? Kommt diese Stimme,
diese schiere Verkörperung der Nostalgie, nicht direkt
aus dem Jenseits? Bing Bong Bang, Oppeln Hauptbahnhof,
Oppeln Hauptbahnhof, der verspätete Eilzug von Breslau
nach Przemyśl über Kędzierzyn, Kattowitz, Krakau
erhält Einfahrt auf Gleis vier, Bahnsteig zwei.
Bitte von der Bahnsteigkante zurücktreten. Hat jemand
sich einmal mit einem Schaffner unterhalten? Hat jemand
die Logik ihrer Rede begriffen? Kennt ihr die
Völkerwanderungen,
die schimmligen Stullen, den sauren Tee,
den Morgen im Abteil? Traum im Traum, Zeitreise im Stehen,
vor dem Fenster völlige Dunkelheit, wenn die Augen
nur Leere sehen und die Seele, um sie mit Inhalt
zu füllen, langsam eindringt in diese Leere
und mit ihr verschmilzt, wenn sie eins wird mit dem Nichts?
Zehn Stunden im Zug! Ach, wäre Buddha Zug gefahren,
er hätte nach Karma und Nirwana nicht weiter gesucht.

Die Abreise erfolgte vom Bahnhof Prudnik,
wohin die ganze Gesellschaft sich begab, wie es gerade kam
– die einen im Fiat, die anderen in der Syrenka,
wieder andere in einer Nyska, drei Familien zu Pferde,
auf dem Fuhrwerk, nach dreitägiger Beratung
und ständigem Palaver. Man benachrichtigte auch weitere
übers Land verstreute Vertretungen der Familie –
die jedoch, überwiegend aus der jüngeren Generation,

beantworteten den Aufruf nicht einmal. In Oppeln wollte
man sich nur noch mit dem Rest treffen
und dann die Reise beginnen. Hierher indes
kamen viele, vorwiegend Ältere, denn die Jüngeren
ließen sich dazu nicht mehr überreden. Ihre Welt
war hier, verreist wurde in die entgegengesetzte Himmelsrichtung
– nach Westen, und zur einzigen Heimat wurde die,
die man hier unter den Füßen hatte.
Alle Eingetroffenen waren festlich gekleidet,
passend für das große Fest der Versöhnung,
zu dem außer den Präsidenten beider Länder auch,
wie Gerüchte immer hartnäckiger behaupteten,
der Papst aus Rom eintreffen sollte. Manche hatten
ihre letzte Reise mit dem Zug noch nicht vergessen
und brachten ein paar Kartoffeln, Bettwäsche, Decken, Gold
und Dollar mit, im Rock vernäht und in die Schuhe geschoben,
um sich im Notfall vor jähem Tod retten zu können.
Alle aber hatten verschiedenste Geschenke in Form von Zucker,
Mehl, Schokolade, Heiligenbildchen, Jeans und Kaugummi dabei.
Es gab auch solche, die für alle Fälle eine Handgranate
tief im Federbett vergraben hatten oder eine kleine MG
unter dem Mantel trugen, denn dort wusste man nie,
Hajdamak bleibt Hajdamak, auch wenn er achtzig ist
und an relativem Schlagfluss leidet. Der Enkel kaufte
an der Bahnhofskasse Fahrkarten für alle bis Zadwórze
und entblößte sich dabei seiner letzten Reisemittel.
Der Zug war von der Art, wie sie nur auf der Strecke Prudnik
- Kędzierzyn noch verkehren, mit alten Vorkriegswaggons
dritter Klasse, mit langen Bänken an den Seitenwänden,
an den Fenstern, dazu ein Waggon der zweiten Klasse
und die Lokomotive. Nachdem alle Habe und die
Familienmitglieder

verstaut waren, vergewisserte der Enkel sich, dass niemand
– wie bei solchen Anlässen häufig der Fall –
auf dem Bahnsteig geblieben war,
sagte dem gastlichen Prudniker Land Lebewohl,
stieg ebenfalls ein und nahm einen Sitzplatz.

Doch kaum saß er, bemerkte er in seinem Umfeld überrascht
einen unangenehmen, aufdringlichen, alarmierenden Geruch,
der ihn trotz tiefer Atemzüge und heftiger Bewegungen
nicht verließ. Von plötzlichem Verdacht getrieben,
musterte der Enkel seine Schuhe, ob sich nicht an der Sohle
die unliebsame Ursache fände, was keine Überraschung
gewesen wäre, er kam ja vom Land. Aber auch an den Schuhen
fand er den Grund nicht. Nach zahlreichen Untersuchungen
schloss er der Reihe nach sämtliche unfrischen Teile
seiner Garderobe aus, denn der Geruch wurde mit jedem
Augenblick
scheußlicher und stellte bald auch eine Gefahr
für die Mitreisenden dar. Am Ende ging der Enkel,
blank entsetzt, vom Abteil auf den schmalen Gang,
um Verdächtigungen wegen Mundgeruchs oder sonstig
schrecklicher Verfehlungen gegen die Grundsätze von Hygiene
und persönlicher Toilette zu vermeiden. Die Sache
wurde hochnotpeinlich, deshalb beroch er diskret
seine ganze Person, einschließlich des Rucksacks,
der ihm wie angewachsen auf den Schultern hing.
Dort kam seine Nase, leicht schockiert von dem Gestank,
auf eine Spur, und der Enkel, glücklich über die bevorstehende
Bereinigung der Sache, öffnete mit Triumphgeschrei
den Reißverschluss an einer Tasche – und war
wie vom Blitz getroffen! Der Fisch!
Das war der Fisch, ein riesiger, stinkender, vergessener

Fisch, das tiefgefrorene Geschenk der Großmutter
zum Mittagessen, der eingeschläferte Fisch
war wieder auferstanden, hammerhart schlug der entsetzliche
Gestank dem Enkel gegen die Stirn und verbreitete sich
langsam links und rechts, oben und unten.
Und wie der Würgeengel hätte er alle Waggons erfasst,
wenn der Enkel, mit dem ihm zur Verfügung stehenden
letzten Rest Zurechnungsfähigkeit, seinen Körper
nicht zum Aufstand, zum Kampf gezwungen hätte.
Nach kurzem Ringen schleppte er den Fisch auf den Bahnsteig
und warf ihn diskret in einen Abfallkorb,
um dann geschickt in den Waggon zurückzufliehen,
wo er sich in der Toilette eine Waschung gönnte.
Dann nahm er, noch unter Schock, wieder seinen Platz ein
und stellte sich schlafend. Der Zug fuhr los und fuhr
mit einer dem Enkel von Reisen der Jugendzeit wohl-
vertrauten Geschwindigkeit, will sagen sehr langsam,
so langsam, dass er, wenn er im Sommer diese Strecke fuhr,
oft mit der Großmutter während der Fahrt ausstieg,
um im Wald Heidelbeeren zu sammeln und wieder zurück
in die rasende Bahn zu steigen. Reich waren die hiesigen
Wälder an ganz unterschiedlichen Früchten,
vor allem Heidelbeeren, deren Sammeln Familientradition war.
Auf so eine Tour nahm man eine Milchkanne oder ein Reindel
mit und sammelte wie verrückt, nachdem man am Bahnhof
Smolarnia mitten im Wald ausgestiegen war.
Man sammelte trotz wütender Angriffe der Mücken
und roten Ameisen, die zu jener Zeit besonders widerwärtig
und lästig waren. Man sammelte in Kannen, literweise,
und den Rekord in dieser Disziplin hielt Großvater Staszek Major,
der es manchmal auf dreieinhalb Liter brachte, wovon er
drei an Ort und Stelle verzehrte. Und wie vorzüglich

das Gericht dann schmeckt – Heidelbeeren mit Sahne,
mit Zucker bestreut, was Gaumen und Zähne schwarz
bis zum Abend macht. Leider waren diese Ausflüge in letzter Zeit
so gut wie unmöglich geworden, weil die Mücken
jeden Unvorsichtigen, der den Wald betrat, in solchen Horden
und mit so schrecklichem Summen überfielen,
dass bald darauf nur die Schuhe von ihm blieben.
Die hiesigen Wälder waren aber auch voll
von Pilzen, Hallimaschen, Pfifferlingen, Birkenpilzen,
Butterpilzen, Steinpilzen, Stinkmorcheln, Wolfsfurz
und Leichenfingern, die sich sehr gut zum Bigos, Barschtsch
und Kröpfchen, Piroggen mit Pilzen, Krautwickel
und Grütze eigneten. Diesmal stiegen die Reisenden häufig aus,
um wilde Walderdbeeren, Häuble und Bickbeeren zu pflücken,
denn der Frühling stand in voller Pracht.
Kaum war der Zug angefahren, hörte man auch,
wie die Stullen ausgewickelt wurden und der Geruch
von hart gekochten Eiern und Hühnerbeinen sich verbreitete.
Alle gingen ans zweite Frühstück, außer Tante Malwinka,
die sich der Lektüre eines Boulevardblatts über die Pilgerfahrten
des Papstes widmete, wobei der Enkel recht unkonzentriert
assistierte wegen des zunehmenden Kopfschmerzes
und der Beratungsnachwehen, die er zum ersten Mal
in Prudnik gespürt hatte. Er beobachtete nur die Fotos,
auf denen der Papst unter wilden Gestalten zu sehen war,
die auf Kamelen des zweihöckrigen Typs ritten,
was große Lebhaftigkeit unter den älteren Reisenden auslöste,
die sich die Zeitung aus den Händen rissen
und in seltsamen Sprachen zu reden begannen.
Tante Malwinka erläuterte dem Enkel, wie jenes Tier
auf Kasachisch heißt, und wie auf Kirgisisch,
denn mit solchen hätten sie schließlich in der Steppe

auch zu tun gehabt, als sie in die Gegend von Alma Aty
und Chassawjurt verbannt wurden direkt aus Sibirien,
wo sie am Jennisej Bäume fällten. Ein Wort gab das andere,
schon war man in Erinnerung bei den Verschickungen
im furchtbaren Jahre vierzig, als die Sowjets nachts
an Fenster und Türen klopften, mit langen Bajonetten stachen
und sie aus dem Haus jagten. Während jener Fahrt
mit der Bahn, die in Viehwaggons zwei Wochen dauerte
und wo der Zug oft an den Gleisen festfror,
starb das erste Kind, das zweite wurde ihnen gleich
im Lager weggenommen, um es weit nach Süden zu bringen,
zur Arbeit bei den roten Pionieren, und es im dialektischen
Geist zu einem sowjetischen Komsomolzen-Pfadfinder
umzuschmelzen.
Nur durch ein wahres Wunder fanden sie sich nach der Amnestie
glücklich wieder, suchten monatelang nach der Anders-Armee
wie nach der Erlösung und kamen am Ende doch zu spät,
um zu sehen, wie in der Steppe Tausende der wundersam
Erretteten und auf Jahre Zurückgelassenen an Krankheiten
starben.
Seit sie im Jahre sechsundfünfzig hierhergekommen waren,
hatten sie keinen Zug mehr betreten.

Der Zug war schon weit, aber dem Abfallkorb am Bahnsteig
von Prudnik entwich ein schrecklicher Geruch
und lastete pilzförmig über dem Bahnhof. Diese Erscheinung
wurde in den umliegenden Dörfern allgemein als Zeichen
des nahenden Weltuntergangs gedeutet. Die Leute packten
Hab und Gut und ihre Kinder und flohen in Panik,
zertrampelten Felder, überrannten Zäune. Wie ein Geist
der Zerstörung zog behäbig der Gestank durch die Stadt,
hinterließ leere Mauern, wo er hinkam, vertrieb die Bewohner,

tötete das Vieh, ließ zu Salzsäulen die Pflanzen erstarren,
vergiftete das Wasser, raubte den Appetit und machte
alle Farben grün. Der Exodus, die Völkerwanderung begann.
Wer nämlich nicht mit dem Zug aufgebrochen war,
floh jetzt panisch und barfuß, unterwegs die Garderobe
und anderes wichtiges Zubehör verlierend, über die Felder
in Richtung Mähren. Bald erreichte der Geruch den Marktplatz,
verwüstete auf seinem Marsch über die Felder die Dörfer
Prężynka und Moszczanka und machte die jahrelange Mühe
der Siedler zunichte. Hammel, Schafe, Federvieh fielen,
Apfel- und Birnbäume verknoteten sich unauflösbar,
und das Gras, üble Gerüche ja schließlich gewohnt,
ergraute jäh wie im Frost. Die stinkige Wolke verwüstete
auch die Prężyńska-Straße, griff wie Aussatz an die Mauern
der Haushalte und vertrieb die Nachbarn des Cousins
und anliegende Bewohner. Und erst als sie an die Molkerei
gekommen war, geschah das Wunder. Denn ihr zur Begrüßung
trat der dortige Gestank heraus,
der wohlbekannte Molkereigestank, der einst den Enkel
hier begrüßt hatte. Die zwei schrecklichen Wolken prallten
aufeinander mit Donnergroll, und an der Stelle, wo die
Fronten zusammenstießen, bildete sich ein gewaltiger Luftwirbel
von furchtbarer Kraft. Wer immer sich zu dieser Zeit
an dieser Stelle befunden hatte, fiel leichentot, entseelt.
Die Windhose entwurzelte Sträucher, zerstörte Verkehrszeichen
und riss Pflastersteine aus. Die zwei Gestänke rangen miteinander
wie ein Paar von Kolossen, der Kampf ging um Leben und Tod,
und die wenigen Bewohner, die unversehrt geblieben waren,
folgten dem Ringen mit angehaltenem Atem, hofften auf den Sieg
des lokalen, vertrauten, den Sieg ihres Miefs.
Eine Stunde dauerte die Luftschlacht, bis endlich völlige Stille
eintrat, nur vom Himmel fielen tosend die zuvor

emporgeschleuderten Bäume und Pferdegespanne.
Kurz darauf machte Grabesstille klar, dass beide Gestänke
im Feld geblieben waren, sich gegenseitig erstunken hatten.
Auf diese Weise wurde die Stadt, besser gesagt die Ruinen,
durch Zufall vor der völligen Vernichtung bewahrt.
Die Reisenden konnten das nicht mehr sehen,
sie waren weit östlich vom Schauplatz des Geschehens,
doch wahr ist etwas Erstaunliches, dass nämlich
das Gestorbene und sich selbst Überlassene
nach längerer Zeit wieder zum Leben erwacht
und auf wundersame Weise aufersteht. Man braucht nur
einen Käse auf dem Kühlschrank liegen zu lassen,
nach einem Monat wird er nicht nur lebendig,
gewinnt Farbe, Spannkraft und Geruch, sondern kommt von allein
zu uns. Warten wir geduldig einen weiteren Monat,
so wird dieser Käse in menschlicher Zunge zu uns reden,
nach ein wenig Stimmübung uns auch gern etwas vorsingen.
So ist alle tote Substanz tot nur für gewisse Zeit,
denn irgendwann kehrt das Leben zu ihr zurück,
sie wieder zu erfüllen. Die Form der Substanz verändert sich,
sie selbst aber ist wieder in Bewegung, und bewegliche Form
ist doch die Essenz des Lebens, da das Leben bekanntlich
eine Form von Bewegung oder die Bewegung der Form ist.
Die Bewegung wird somit des Lebens Form bleiben,
wenn auch nicht auf lange, denn ständig in Bewegung,
verändert sie ihre Form und hat ihre Form im Leben.
Die Form also hat keine feste Form, denn sie hat Leben,
und das Leben ist schön, ob in Ruhe oder Bewegung.
Die Bewegung wiederum besitzt andere wichtige Eigenschaften,
die über des Lebens Form entscheiden. Eine solche Eigenschaft
ist die Richtung. Tod ist demnach in der Form Stillstand

der Bewegung, Innehalten auf dem Weg, Station auf der Reise.
Und was gestorben ist, wird wieder lebendig werden,
bevor es aus einer fremden Stadt nach Hause zurückkehrt.

Der Zug indes fuhr ungewöhnlich langsam, keuchend
und dampfend, prustend und fauchend, sodass der Enkel
zu der irrigen Annahme kam, die Reise würde bestimmt
zwei Wochen dauern nicht einmal bis Zadwórze,
sondern schon bis Oppeln, wo die zweite Partie
Passagiere zusteigen sollte. Sie alle gedachten seines Großvaters
Staszek, der vor dem Krieg Lokführer gewesen war,
und zwar ein von den Fahrgästen hochgeschätzter.
Hätte er heute in der Führerkabine gesessen,
der Zug hätte sich niemals so unanständig verspätet.
So verging ihnen eine Stunde über dem Gespräch,
bis sie endlich die Ränder von Oppeln bemerkten,
zuerst Groszowice, die Zementwehen, dann die graubraunen Blocks
von MetalChem, schließlich die Baracken der Baustoff-Zentrale,
und dahinter den Bahnhof. Hier kam es zu Begrüßungen,
zur Vereinigung mit dem Rest der Familie und der Bekannten,
die in Massen auf dem Bahnhof warteten.
Von Reisefieber gepackt, suchte der Enkel aufgeregt
in der Menge nach seiner Großmutter, und als er sie
unter der Obhut des Onkels gefunden hatte, verfrachtete er
beide zusammen auf den zeitig vorbereiteten Platz,
auch wenn die Bewohner Prudniks und Moszczankas
sie schon eng umringten und der Freudenschreie
und unverhohlen vergossenen Tränen noch immer kein Ende war.
Der Enkel wollte die kurze Verschnaufpause des Zuges nutzen
und versorgte sich an den Bahnsteigkiosken rasch mit Reisevorrat,

Schokoriegeln und Bier in ziemlich großer Menge,
aber kein Starkbier, sondern helles Pils, denn gegen Alkohol
war er als Kind schon allergisch. Bei der Gelegenheit
stellte er fest, dass er den ihm anvertrauten Reisefonds
schon beinahe ausgegeben hatte, und fand in seinen Taschen
nur noch zehn Dollar, drei Deutschmark, zwei Goldrubel
und vier Metallknöpfe einer Feuerwehruniform, und das sollte
für die restlichen Zoll- und Passgebühren, Schmiergelder
für Schaffner, Zöllner und Polizei sowie für die Übernachtungen
und die neuen Glocken für die Kirche von Gliniany reichen.
Doch der Optimismus verließ ihn noch nicht – denn kaum
hatte der Zug sich in Bewegung gesetzt,
holten die Reisenden aus unterschiedlichsten Ecken,
Schuhen, Socken und Ärmeln die mitgebrachten,
durch ein Wunder vor der Vernichtung bewahrten Schätze
jener Kirche hervor, Ministrantenanzüge, schön bestickt,
einen Kelch, zwei Banner, einen Baldachin, eine Figur
der Heiligen Jungfrau zu Fuß, das prächtige Gemälde
eines unbekannten Meisters unbekannten Inhalts, eine Feder,
einen Hocker, Schrankscharniere sowie Schnürsenkel.
Danach kramten die in Oppeln Zugestiegenen die
beizeiten vorbereiteten Stullen für das zweite Frühstück heraus,
und in den Waggons verbreitete sich bald der Geruch
hart gekochter Eier, Brathähnchen und saurer Gurken in
Zellophan.
Die Großmutter dagegen holte den eigens für den Enkel
gebackenen Schlief hervor, das heißt den Matschekuchen,
ein Gebäck aus Mehl, Eiern, Sahne, unterrührt mit Marmelade
oder Pflaumenmus und mit Eiweiß und Zucker bestrichen,
der schon beim Backen hart und danach ziemlich mürbe wird,
auch deshalb sehr geeignet für die weitere Expedition,
weil er immer härter und trockener, nie aber schlecht wird.

Sie hatte zu diesem Anlass auch ein ganzes Reindel
Piroggen gekocht, die sie allen Reisenden anbieten wollte,
sobald sie hungrig würden, und betraute mit dieser Mission
den Enkel. »Nimm nur von der Tante nichts, sie hat auch
einen ganzen Topf zubereitet, aber mit Öl, die sind zu fett,
das wird niemand essen.« Kaum aber hatte er versprochen,
diese Aufgabe zu erfüllen, näherte sich von der anderen Seite
leise die Tante und stupste ihn mit dem Topf an:
»Na, nimm, wenn die Großmutter nicht guckt,
verteilst du sie, sie munden vielleicht.
Es hätte nicht viel gefehlt, das will ich dir noch sagen,
und deine Großmutter wäre zu Hause geblieben,
ihr war nämlich die Sicherheitsnadel weggekommen,
die von der Schürze, der Onkel hatte sie, so wie sie
ging und stand, einfach mitgenommen in dieser Schürze,
in der sie immer kocht, und die Großmutter rührt sich
nicht vom Fleck ohne sie. Wir schlugen ihr gleich
eine andere vor, doch sie sagte, das andere sei Müll
und ohne ihre eigene fahre sie nicht, denn jetzt könne
sie die beiden Schöße nicht zusammenstecken.
Zum Glück ließ sie sich noch überreden,
auch mit wehenden Schürzenflügeln.«
Fürs Erste jedoch saßen sie zusammen, aßen und palaverten
über Aktuelles, kamen an Strzelce Opolskie vorbei
und niemand bemerkte, wie die ganze Reisegruppe gleich
nach dem Essen, eingelullt vom berühmt monotonen
Räderrattern
und der einfältigen Landschaft, offenen Mundes in tiefen
Schlaf fiel. Dann erhob sich der Enkel, von Notdurft getrieben,
und begann die mühsame Wanderung in den hinteren Teil
des Zuges. Er wollte nämlich Pan Antonów finden,
den er auf dem Bahnsteig nicht hatte entdecken können,

und ohne den die Reise weder komplett noch ganz richtig wäre.
Der Enkel hatte nämlich gehört, Pan Antonów sei im Alter
ein wenig sonderlich geworden und schließe sich ganze Tage
in seiner Werkstatt ein. Was er dort machte – wusste niemand,
man wusste nur, dass er als Einziger der Gruppe
die allgemeine Euphorie und den Überschwang nicht teilte,
den alle Reisenden verbreiteten. Man schrieb das seinen Jahren
zu, er war nämlich wie die Großmutter achtundachtzig
und sechs Monate, aber die übrigen Argonauten
waren ja in vergleichbarem Alter. So wusste denn niemand,
woher sein Nörgeln und seine Düsternis kamen, und man tippte
eindeutig auf Altersdemenz, Choleris duplix sowie Naser Matrix.
Der Enkel fand ihn weit entfernt von den anderen in einem
gesonderten Abteil, wo er alle Scheiben abgedichtet hatte.
Dort saß er und werkelte mit dem Schraubenzieher
an einem Mechanismus, aus dem alle Augenblicke
wendige Federchen und Schräubchen-Verschwindibusse
sprangen.
Beim Anblick des Enkels riss der Onkel sich für einen
Augenblick
von seiner Arbeit los, und die letzte Schraube,
die dem seltsamen Apparat entsprang,
prallte von seiner Brille ab und traf den Enkel
mitten auf der Stirn, wo sie Schaden anrichtete
und eine leichte Delle hinterließ. Kaum irritiert
von dieser plötzlichen Attacke, begann der Enkel ein Gespräch
und fragte höflich, was Pan Antonów dort Neues bastle
und wie sein Befinden sei, um den guten Sitten
in jeder Hinsicht Genüge zu tun. Jener dankte der Nachfrage,
aber es sei schon schlimm, er sei nicht mehr der Jüngste,
könne nicht mehr sehen, eine Stunde lang habe er heute
nach seinem Hut gesucht, ja meine Herren, und die Abfahrt

stand bevor, auch die Beine machten nicht mehr so mit,
die Züge seien nicht mehr die wie vor dem Krieg, hören Sie,
alles sei anders, schlechter, heißt das, nicht so wie
vor dem Krieg, meine Herren. Man könne sich nicht mehr
richtig freuen, mein Herr, und wünsche sich die Vorkriegszeit
zurück, sag doch, aber was soll's, und hier, gerade habe ich
eine Uhr gebastelt, bei der die Zeiger rückwärtsgehen,
eine sehr gute Uhr, nur innen drin ist alles umgekehrt,
ich habe drinnen, weißt du, alles umgestellt,
meine Herren. Aufgezogen ist sie und geht schon,
und es wird immer früher, na bitte, ich verbessere sie noch,
denn der Kuckuck will nicht rufen, und der soll umgekehrt
Kuckuck rufen, nicht Ku-kuck, ku-kuck, sondern umgekehrt
uuk-uk, uuk-uk, das kommt auch noch, nur die Schräubchen,
weißt du, die fliegen mir immer raus.
Aber sie geht schon rückwärts, sie geht zurück,
sagte er und langte nach dem Koffer, in dem er außer
frischen Hemden und notwendigem Werkzeug auch eine Flasche
hatte. Hier habe ich den Wein für dich,
der dir so geschmeckt hat, hausgemacht,
trink nur nicht gleich, warte bis zur Grenze,
das wird die Gelegenheit, dann trinken wir zusammen,
dann wird er anders schmecken, weißt du.
Mit diesen Worten reichte er ihm die Flasche
mit einem weißen Etikett, auf dem in Großbuchstaben
SAUTERNES, BINGEN stand. Der Enkel dankte
und versprach wiederzukommen, nun aber müsse er rasch
zu den anderen Reisenden.

Indes gerieten sie gleich hinter Pyskowice
in das berühmte schlesische Gleisgewirr,
das sich bis Jaworzno erstreckte, eine schreckliche Falle

für unerfahrene Reisende, so gut wie niemand hat es
je glücklich durchmessen. Tausende von Schienen,
Gleisen, Gabelungen, Sackbahnhöfen und falschen Fährten,
grausamen Weichen und irreführenden Stellwerken bildeten
ein einziges, riesiges Labyrinth, das immer neue Personenzüge,
Frachtzüge und Schnellzüge verschlang. Der unglückliche
Lokführer war kurz davor, einen Fluchtweg zu finden,
da landete er wieder, statt in Jaworzno, am Bahnhof
Ruda Chebzie, um die ganze Reise von Neuem zu beginnen.
Es kam vor, dass ein Zug, war er einmal ins schlesische
Schienenlabyrinth geraten, jahrelang dort umherirrte,
unterwegs Reisende verlor, die längst gealtert waren,
an irgendeinem Bahnhof verzweifelt ausstiegen oder starben,
ohne es bis zum Ausstieg zu schaffen. So fand man manchmal
ganze Geisterzüge mit einem wahnsinnig gewordenen Lokführer
und den leeren Uniformen der Schaffner, die Jahre
und Saisons hindurch heillos im Kreise fuhren.
Manche von ihnen roch man von Weitem schon, zum Beispiel
die mit Milch und Schafsprodukten aus den Bergen
als Solidaritätsgabe für die Fischer und umgekehrt,
die Fisch als Gabe für die Gebirgler brachten –
ihr Geruch war auf drei Kilometer tödlich,
denn die Dauer der Irrfahrt überschritt das Haltbarkeitsdatum
um ein Vielfaches. Die Ältesten konnten ein Lied
von jenen Haudegen singen, die das Labyrinth dennoch
durchmessen hatten, doch das war lange vor dem Krieg.
Jetzt drangen sie darin ein und waren nach kurzer Zeit
schon völlig verloren, verschlungen von den Innereien
einer riesigen Bestie, tief in den Eingeweiden des Leviathans,
in seinem bis an die Grenzen des Möglichen verschlungenen
Gedärm, den Kuddeln der Welt. Die Sonne
war eigentlich untergegangen, und alles bedeckt

von einer Schicht grauen, pockigen Rußes,
von fetter Asche. Verschwunden war alles Grün,
die Gebäude, Straßen und Gärten wirkten,
als wären sie von ungeheuren Innereien gründlichst verdaut
und zermahlen, rings umher hörte man Verdauungsgeräusch,
Gluckern, Zischen und Pfeifen. Riesige Halden böser,
schwarzer Materie erhoben sich überall und daraus,
oder anderen Ausscheidungen, waren offenbar alle Häuser
gebaut,
Wolken und Himmel, die hiesige Landschaft, von Menschenhand
aus verdautem Nahrungsgehalt der Welt gemacht.
Die Erde bebte leicht, als vollzöge sich etwas Geschlechtliches
in ihr, eine Penetration oder ein friktioneller Krieg.
Die Farben waren daraus gewichen, und jegliches Leben
ähnelte der parasitären Existenz von Fäulnis-, Fermentations-
und Bakterienkolonien. Sie fuhren langsam, wechselten
alle Augenblicke das Gleis, bogen ab, schlängelten
und wanden sich, vorbei an Gliwice, Chorzów, Zabrze, Bytom
und Ruda Chebzie, allerdings dreimal, dann Katowice,
Mysłowice und Siemianowice, vorbei an Menschenmengen
auf den Bahnsteigen, die ebenso grau und ebenso verzehrt
und verloren wirkten und nach einem Ausweg suchten.
Überall lastete der Geruch verdauter Dinge und Gedanken,
Grubengase und bald auch Dämpfe, giftige Ausdünstungen
waberten ringsum wie dichtes Gewölk. Sie kamen vorbei
an Teichen, gefüllt mit Galle, am säurezerfressenen
Spitzensaum des Stahls, Dickichten aus grauen Darmzotten,
Flechten und Fett. Immer wieder stand der Enkel auf,
setzte sich wieder, rieb sich die Hände, die immer stärker
nach Tran und Rogen stanken, versuchte die Drehgriffe
zur Regulierung der Heizung im Abteil zu bedienen
– die funktionierten jedoch gemäß Bahnervorschrift überhaupt

gar nicht oder waren von anderen Passagieren schon
abgebrochen worden, und nichts konnte mehr die ungeheure
Hitze
verhindern, gegen die auch das Öffnen der Fenster nicht half.
Ganz offensichtlich war die Quelle dieser Heizung
irgendwo draußen – durch das geöffnete Fenster
wurde die Hitze nur noch unerträglicher, und Ruß und Staub,
die sich auf Gesichtern und in den geöffneten Mündern
der Schlafenden setzten, bewogen den Enkel schließlich,
die Fenster wieder zu schließen. Bei dieser Gelegenheit
wurde er Zeuge einer seltsamen Erscheinung – etwas wie Rauch
sinterte langsam aus den offenen Mündern der Reisenden
und sammelte sich wolkig an der Decke, neben Koffern
und Zuckerpaketen. Mit Hilfe von lepto-palpatorischen
Untersuchungen konnte er bald feststellen, dass es sich
bei dieser Substanz, ein Plasma eigentlich, das sehr nach
Fusel roch, wiederum um nichts anderes als die Seele handelte,
die infolge der Reise einfach durch die soziale Öffnung
ausgetreten war. Die Räder kämpften gegen das klebrige Magma,
und der Lokführer irrte im großen Netz umher,
er saß in der Falle. Es dunkelte jäh, Nebel verhängten
die Sonne und der Enkel, von der Eintönigkeit
dieser Gegend überwältigt und des Erfolgs seiner Sache
keineswegs mehr gewiss, begann zu beten, so gut er es
vermochte, flehte um göttliche Vorsehung für den Lokführer
und die Heizer, wobei er siebenmal die Formel
»Sauternes, Bingen!« hersagte, doch vergebens.
Das ging noch lange, so lange, bis die Dinge und Gesichter
ihre gewöhnlichen Züge einbüßten, in Grau getaucht
und bestreut von der Asche eines Vulkans,
der irgendwo in der Gegend an chronischer Eruption leiden
musste.

Erst gegen vier Uhr schien die Sonne wieder,
und ein plötzliches Rucken, ein Rummsen der Puffer
verkündeten den Reisenden, dass Rettung gekommen,
die erlösende Richtung gefunden war. Pfeifend nahm der Zug
Fahrt auf, fuhr ein letztes Mal an dem verfluchten Ruda Chebzie
vorbei, rollte donnernd durch Jaworzno, Szczakowa,
Trzebinia und Krakau und nahm Richtung Osten,
zur Grenze dieses unseligen Landes. In allen Waggons
hörte man Seufzer der Erleichterung und Worte der Anerkennung
für den Lokführer, der bestimmt neu und eingewechselt
und einfach eingestiegen war und den Zug sofort
aus dem Innern des Leviathans hinausgeführt hatte,
um ihn jetzt durch die Länder von Krakau, Płaszów und
Mydlniki zu lenken, wie die Bundeslade in das verlorene Land.

Elfte Station: Die Vernichtung

Indes kam in dieser Nacht die Vernichtung über alle Geschöpfe,
die den Schrebergarten dicht an den Gleisen bewohnten,
über alle Andenken und die der irdischen hilflos
ausgelieferte Welt der Ideale. Die neuen Besitzer
nutzten die Chance, die die Stadt ihnen bot,
und verkauften das Gelände vorteilhaft.
Um vier Uhr morgens brüllten im Chor die Turboverdichter los,
die großen Motoren der Bagger, Schublader, Laster,
Kräne, Bulldozer und Bodenfräsen, ein ganzes Heer
von diesen Wesen, die das Gelände für den Parkplatz
des künftigen Supermarkts einebneten, rückte langsam,
wie ein stählerner Rammbock, gegen die Arbeiter-Schrebergärten
vor, in denen von Arbeitern längst keine Spur mehr war.
Bei diesem Geräusch wurde in sämtlichen Provinzen sofort
Alarm geschlagen, in Beeten und Bäumen, im Gestrüpp
und unter den Büschen sammelten die verängstigten Bewohner
des Dörfchens sich: die Ameisen, die Schalenfresser,
Maikäfer, Hummeln, Bienen und Schnecken, der Fauna bislang
unbekannte Geschöpfe, die im Dunkel der Johannisbeeren,
unter modrigem Laub, in den Labyrinthen unterirdischer
Gänge genistet hatten, von keinem menschlichen Auge je
geschaut, geschlüpft aus Mimikry und Einsamkeit,
ausgebrütet aus Elend, Dreck und Freiheit.
Der Tag des Gerichts kam, der Tag von Angst und Schrecken.
Die ersten Maschinen walzten den alten, verrosteten,
wenig wehrtauglichen Zaun nieder und verbissen sich

ins Dickicht gleich hinter der Bude, mahlten und rieben,
verschlangen und verdauten es mitsamt den Kolonien
der dort ansässigen Hundertfüßler und Stachelbeerspanner,
Ohrwürmer und Netzwanzen, mit dem Frühlingsstädtchen
der schwarzen Ameisen, der Raupensiedlung und dem weißlich
im Licht blinkenden Laich. Niemand kam mit heiler Haut davon,
die Kiefer zerrissen Sträucher, brachen Halme, ließen das Mark
hervortreten und verspritzten den Saft zermahlener Blätter.
Tausendfüßler und Doppelfüßler versuchten, sich zwischen
die Budenbretter zu flüchten, auch die wendigen Spinnentiere,
Schaben und Eintagsfliegen suchten dort Schutz.
In der Bude selbst, in einem unbeschreiblichen Chaos,
wahrten nur die kleinsten schwarzen Ameisen die Ruhe –
sie waren es auch, die die Verteidigung gegen den Angriff
organisierten und in einer Abteilung von fast
dreihundert Soldatinnen mitten in der Bude
in Kampfstellung gingen, bereit dazu, die laufende
Evakuierung des Hauptameisenhaufens zu decken,
selbst um den Preis des eigenen Lebens.
Die Maschinen begannen derweil die Extermination
der früheren Beete von Erdbeeren, Roten Beten,
Kohlrabi, verschlangen die Pflanzen, die in den Ären
menschlicher Abwesenheit zu üppig neuen, phantastischen
Formen und Arten aufgeschossen waren, und mit ihnen das Unkraut,
die Insekten und Übergangsformen, Makrophagen, Subimagen,
Larven, unvollständige, noch unerfüllte Existenzen,
unentwickelte Seinszustände. Weißer Saft spritzte
aus Steinfliegen, Maulwurfsgrillen, Stabschrecken,
helles Fruchtfleisch bedeckte die zerfurchte und aufgepflügte
Erde hinter der Maschine. Auch die Flucht auf den Apfelbaum,
in die Fuge im Pflaumenast konnten die endgültige Vernichtung

und Niederlage nur verzögern. Die Planierraupen bogen sie nieder,
zwangen sie auf die Knie, auf die Erde, um sie eine Minute
später plattzuwalzen, zu verschlucken samt den Siedlungen
der Blattläuse, wandelnden Blätter, Schnabelkerfen, Stabwanzen,
einer Hekatombe roter Ameisen und Streifenwanzen.
Vernichtet wurden die Gelege der Bienen, Mücken und Wespen,
vergeblich prasselten wie Regen ganze Divisionen
tobender Insekten gegen die Panzer der Maschine.
Das Ungeheuer fraß, mahlte, spie. Der Brei der Schnecken,
das langsame Sterben der Regenwürmer, Feldwespen,
das Gemetzel unter Marienkäfern und Mistkäfern,
Massaker an den Engerlingen, die Vernichtung ereilte auch
jene, die in der Erde versteckt waren, die in der Luft
und die im Wipfel des Pflaumenbaums. In seinem Ausmaß
übertraf das die schrecklichsten Kinderspiele,
die prächtigsten Massaker der Jugendzeit. Die Bodenfräsen
schluckten Geschöpfe aus allen Sträuchern, Bilwitz,
Schnellläufer, Puppenräuber, all das wand sich,
gepackt von metallenen Pranken, es heulte und röchelte
ganz fürchterlich und hauchte Gott seine Essenz hin.
Die Gartenlaube hielt noch stand, noch knarrten erbärmlich
die Bretter, quietschten die Beschläge, doch bald schon barsten
wie Streichhölzer Türen und Fensterläden, Rahmen, Hocker,
Spaten und Schubladen zwischen den stählernen Kiefern,
weißes Holzfleisch verschwand allmählich in Kinnbacken,
Werkzeug und Dosen, Messer, Scheren, Bilderrahmen,
Mützenadler, Knöpfe, Medaillen und Medaillons und ein Rosenkranz
knirschten wie Sand zwischen den Zähnen des Walfischs,
Kleidung zerriss, alte Uniformen, gesalbte Leinwände,
gerahmt, Eisenbahnermützen, Dokumente, Briefe, Karten

vom Ende der Welt, eine Bataillon Ameisen, Holzwürmer.
Das Ende der ältesten Möbel war gekommen, der Gesangsbücher
und Kinderfibeln, Uhren, Pfeifen, Mundstücke und Feuerzeuge.
Brillen zersprangen, Schuhe zerbrachen, das Licht zerfiel
in Leere und Salz, der Heiligenfigur wurden Wunden geschlagen,
alles war befallen von spasmatischem Nichts. Ameisen
und Ohrwürmer, Raupen und Schnecken, in ihr Inneres
verzogen,
verwandelten sich in Nahrungsbrei für die Ewigkeit,
in grünen Schleim, Balsam des Vergessens.
Pfade verschwanden, Beete, Wasserbrunnen und die kleine Pforte,
für immer begraben wurden die einst ertränkten Gegenstände,
die Spiegelbilder im Wasser, die versenkten Stimmen
und Zwiegespräche mit der Leere gingen für immer unter in ihr.
Staub stieg auf über dem Schlachtfeld, über dem Todesacker
wie ein Geist, ein riesiger Pilz, dunkel und still.
Darüber krochen große stählerne Larven, Metallkäfer,
und pflügten mit ihren Kiefern die Erde um, den braunen Torf,
der aus Pflanzenfleisch entstanden war. Kettenraupen
vermischten
den Brei, öffneten die Wunde der Erde. Die Haut war
schon abgezogen, dem Sonnenlicht ausgesetzt waren
die freiliegenden Muskeln des Mutterbodens,
die tätig lymphatische Sehnenstruktur,
die schleimige Konstruktion der Nerven,
das offene, zuckende, dampfende Gewebe, Blut und Saft.
Spurrinnen und Trichter wurden geflutet, die Landschaft
erinnerte bald an jene vor dem ersten Wort.
An diesem Tag wurden vierundsechzig Schrebergärten
dem Erdboden gleichgemacht,
um Platz für die künftige Baustelle zu schaffen.

Bald darauf zogen die roten Ameisen,
aus ihren Nestern vertrieben, über die Drzymała-Straße
und den Platz mit den Apfelbäumen, durch das Tor
des Ersten Mai zum Garten und an die Veranda,
und stießen dort gleich an der Pforte auf die Grenzfestung
des schwarzen Ameisenvolkes, besetzt von jungen
Ameisenstudentinnen, frisch geschlüpft aus weißlichen Kokons,
Kinder noch, die erst lernten und aus verzweifeltem Mangel
an Kämpfern an die Front geschickt wurden, solange Larven
und Vorräte, die Hochverehrte Königin und ihre Gatten
noch evakuiert wurden in sichere Gegenden.
Die jungen Ameisen, die das Gebäude des Stellwerks
und die nahe Gleiswärterbude besetzt hatten, sahen sich
Fühler an Fühler der wildesten Abteilung der roten Ameisen
gegenüber, die Hals über Kopf aus den Schrebergärten stürmten,
die sogenannte Erste Ameisenarmee, berüchtigt für ihre Gemetzel
unter Blattläusen und Laufkäfern. Umzingelt, verteidigten
sie sich tapfer, wehrten sieben wütende Sturmangriffe ab
und fügten den Feinden schwere Verluste zu,
bis sie die Kräfte endgültig verließen und die älteste Ameise,
da sie die Aussichtslosigkeit der Sache erkannte und glaubte,
das Ameisenvolk habe sich irgendwo schon hinter die Gleise
retten können, sich selbst, um dem roten Haufen nicht
in die Hände zu fallen, mittendurch biss und so
vor den Augen der Jugend entleibte. Entsetzt ergaben
die anderen sich der Reihe nach den Roten – die jedoch,
mordlüstern und brennend vor Wut ob des Widerstands,
bissen sie allesamt tot, da halfen kein Geschrei
und kein Weinen, sie schändeten die Gefallenen und gaben
auch den Verwundeten den letzten Biss, sodass blankes Entsetzen
den Garten bis hoch zur Treppe erfasste.

Nachdem die Erste Ameisenarmee den verzweifelten Widerstand
der anderen Ameisenvölker gebrochen und die Hälfte gemordet,
die andere in die Gefangenschaft getrieben hatte,
plünderte sie die Kammern und Wintervorräte,
schleppte die riesigen Kokons auseinander, ließ sie liegen
und nahm die Treppe zur Küche, drang durch sämtliche Ritzen
und Öffnungen der Mauer, des Gedächtnisses, des Seins.
Sie erkletterten die Anrichte, penetrierten gründlich
den Fußboden und angrenzende Gaue, raubten Krümel,
Abfälle, Zucker- und Mehlvorräte, jegliche Lebensmittel,
drangen ein in den Herd, ins Waschbecken, in das Geschirr,
zwischen Wischlappen und Schürzen, in den Korb mit den
Äpfeln,
den Kühlschrank, die Blumentöpfe, belagerten Vasen
und Fenstervorhänge. Die Pforte, von Süden her unterwühlt
von ihrem Ameisenvolk, neigte sich endlich und riss
das Drahtgitter mit – der Garten war erobert.

Bald darauf drang auch das Gelump der Gegend ein
und schleppte erst Stühle und Gläser, dann Sessel,
Kleider, Lampen und Tische, Matratzen und Schuhe weg.
Nur die Bücher blieben, im Zimmer umhergeworfen,
doch waren auch sie bald vom Feuer gelesen.
Am Abend brachen sie die Tür zu Antonów auf und tranken
all die Flaschen mit den weißen Etiketten leer, um dann,
vom Geruch gelockt, in das Zimmer, in dem die Maschine stand,
einzudringen und dort etwas verlegen auf der Schwelle
zu verharren, anfangs noch irritiert von dem unaufhörlichen
Rummeln. Etwas wie Entsetzen überkam sie beim Anblick
des gewaltigen Bauwerks aus Röhren und Alembiken,
in denen das Leben gluckerte. Die Maschine lebte,
knurrte leise und rauschte, sodass das ganze Zimmer

samt Gläsern in der Anrichte leicht bebte.
Einen Augenblick darauf aber trat der Erste,
der mit den durchsichtigsten Augen, näher, griff sich
den Steinguttopf, in den das goldglänzende Elixier
tropfte, und begann daraus gierig zu trinken,
bis er leer war, während ein Zweiter, der am übelsten
von allen stank, das Kesselchen mit Hefemaische, dem Urstoff
des Lebens, aus seiner Konstruktion riss
und mit den Fingern daraus fraß.
Kurz darauf stürzten beide zu Boden.

Die anderen hatten derweil schon die Kellertür aufgebrochen
und zerdrückten in ihren zittrigen Klobefingern
der Reihe nach alle Gläser, vertilgten Marmeladen,
Konfitüren, Pflaumenmus, Kompott und Obst,
saure Gurken und grüne Tomaten, tranken Wein aus den
Flaschen,
kippten die Möbel um auf der Suche nach Schätzen.
Das Nichts erfasste diesen Ort, Entropie trat an die Stelle
von Ordnung und Konzentration, Zerstreuung triumphierte
in diesem Augenblick über das Sein, die Welt
ging allmählich über in die Sphäre des Nichtseins,
in die Sphäre des Schlafs, das Ganze zerstäubte
zu winzig kleinen Teilchen, Bakterien eines Atoms,
zerfiel zu Sauerstoff und Kohle,
begann in der schon dicken Luft andere,
völlig neue Illusionen zu bilden, ein Leben nach dem Leben,
ein gespenstisches Quantenleben zu führen
und überall einzudringen, in den Atemwegen sich,
im Verdauungstrakt wieder zu sammeln, auf den Zungen,
auf den Regalen, in Töpfen und auf Müllhalden,
unter Zäunen und an Bordsteinkanten.

Die sonnengeweiteten warmen Partikel ließen Geisterbilder
über der Straße und über der Stadt entstehen,
die auch durch die dunkle Brille flimmernd Bestand hatten.
Der Staub reizte die Bindehäute, rötete die Augäpfel,
die Luft summte, dröhnte, feierte ein Fest ohne Ende.
Man sah ihr die Freude an, den Tanz, die Freiheit
von jeglicher Form, die reine Möglichkeit.

Zwölfte und letzte Station

Gegen Mitternacht näherte sich der Zug endlich der Grenze,
und der Enkel hielt gespannt nach dem kleinen Bahnhof
Ausschau, der ganz ähnlich sein sollte wie die vielen Bahnhöfe,
an denen sie bisher vorbeigekommen waren.
Nach der Bitte von Pan Antonów holte er die Buttel Wein
aus der Tasche, entkorkte sie mit Hilfe eines Taschenmessers,
nachdem er das Wachs von Hals und Korken gekratzt,
und nahm dann einen kräftigen Schluck auf die Gesundheit
und den Erfolg der Expedition,
bis ihm ungewöhnlich schwarz vor Augen wurde.
Da sie hielten und er einen längeren Aufenthalt
erwarten zu dürfen glaubte, schob der Enkel das Fenster auf
und bewunderte den Bahnsteig, die von zahlreichen
Filzern verzierten Wände und die ungeheure Bewegung,
die diese unscheinbare Station belebte.
Über die Bahnsteige liefen nämlich Menschenmassen
im höchsten Vorreisefieber, riefen einander und verloren sich,
schleppten riesige Pakete, Taschen, Bündel, Päckchen,
Koffer, Kisten, Leinentaschen und Jutesäcke.
Männer waren dort, die große Lasten auf den Schultern trugen,
Frauen mit Kindern auf dem Arm, Alte, Junge,
diverse Geistliche in Feldkostümen, Uniformierte,
barfüßige Kinder, Zigeunerinnen, Nonnen, Haustiere, Hühner,
Hunde und Ziegen. Das Vieh plärrte, die Menschen bellten,
die Hunde summten und die Kinder schrien aus vollem Halse.
Sie alle wollten unübersehbar mit Hilfe des Zugs

über die Grenze, und der Enkel stellte sich sofort entsetzt
das Gedränge vor, das gleich in den bisher bequemen Abteilen
herrschen würde. Schon begann das große Einsteigen,
das Herreichen der Kinder und Alten, das Geschrei,
Lamento und Gestöhn, verbunden mit der Verfrachtung
unterschiedlichsten Gepäcks durch Türen und Fenster.
Zum Erstaunen des Enkels passten die auf dem Bahnsteig
aufgehäuften riesigen Mengen Hab und Gut ohne Probleme
hinein,
und unter Geschrei in allen Sprachen wurden knallend
die Türen geschlossen. Der Enkel aber hielt unruhig
nach den Zöllern Ausschau, die sich leider immer noch
nicht zeigen wollten. Anzahl und Art der mitgeführten Waren
konnten zu einem erheblichen Hindernis für die Weiterfahrt
der geschätzten Pilger werden, denn darunter befanden sich,
wie er hatte sehen können, wertvolle Gemälde, Möbel,
Bettwäsche, Büchersammlungen, Bestecke und Pelze,
zu Bündel gerolltes Bettzeug, laufende Radios
und goldene Kerzenständer, Geschirr und Huzulen-Kilims,
Ikonostasen, Töpfe und Thaliten, Kartoffelsäcke,
Mitbringsel mit Mutterboden, Heiligenbildchen,
Ringe, Armbanduhren und Entenküken in Hosentaschen.
Dazu die ungeheure Zahl von Passagieren, angesichts derer
man leicht den letzten Rest Beherrschung verlieren konnte.
Die Bewohner von Zadwórze und Umgebung ihrerseits
konnten jedenfalls leicht in Panik geraten beim Anblick
dieser Völkerwanderung, aus Furcht vor einer Rückkehr
der Lechen und erneuter polnischer Kolonisierung.
Von solchen Gedanken gequält, beschloss der Enkel,
seine Schutzbefohlenen aufzusuchen und alle Reisedokumente,
Pässe und Bestechungsgelder einzusammeln – um kommender
Unbill des Schicksals wacher die Stirn bieten zu können.

Da die Bahnhofsgebäude trotz des im Wartesaal brennenden
Lichtes leer zu sein schienen, beschloss er,
der Sache auf den Grund zu gehen, die Zöllner zu finden
und die Angelegenheit mit ihnen ein für alle Mal zu regeln.
Zu diesem Zweck nahm er ein spezielles Säckchen,
in dem er bisher die Reste des Fonds aufbewahrt hatte,
und eine klingende Reisetasche mit,
zu diesem Zwecke noch in Prudnik erworben.
Die Tasche enthielt sieben Flaschen edler Tropfen,
und zwar, von links nach rechts, einen tschechischen Napoleon,
einen trockenen Weinbrand polnischer Provenienz,
ein Kirschwasser, einen Krupnik, einen Grashalmwodka,
sodann einen Polonaise und einen Magenbitter,
man weiß ja nie, auf welches Milieu bei den Zöllnern
man trifft und wie ihre Geschmäcker so sind.
Er stieg also graziös aus dem Waggon,
ließ schon von Weitem die Tasche klingeln,
um einen guten ersten Eindruck zu machen,
und betrat das von fahlem Licht bespeichelte Gebäude.
Eher tastenden Sinnes als sehenden Auges stolperte er
durch die Räume, auf der Suche nach dem Hüter
eines lesbaren Stempels. Das Innere machte einen ganz
seltsamen Eindruck, die Wände waren bedeckt von Graffiti,
der Boden mit Zetteln übersät, die sich bei näherer Betrachtung
als unbezahlte alte Stromrechnungen herausstellten.
Danach kam er durch einen offenbar größeren Saal voller
Holzbänke an den Wänden und Stühlen, die recht wild
umherstanden, und einem ziemlich großen Schreibtisch,
auf dem er inmitten von Papierkram eine Blechbüchse sah,
so eine wie bei der Großmutter, nur dass sie leer war
und nicht einmal einen Stempel enthielt. Erst später,
als er die schwere Metalltür leicht aufdrückte

und weiterging, sah er, dass er sich in einem ganz finsteren
Schlafsaal befand, voll von Betten und dem sauren Atem
der Schlafenden, dessen Geruch ihm so wohlvertraut war.
Hochbetten waren das, auf jedem schlief jemand seufzend
und keuchend, blubbernd und knurrend, ins Zwiegespräch
mit dem eigenen Traum vertieft. Jeder der Schlafenden trug
eine Uniform, deren Farbe in der Dunkelheit zwar nicht
zu erkennen war, dennoch begann zur Begrüßung der Enkel
fröhlich die Tasche zu läuten. Leider schliefen die Schläfer
so tief, dass diese Musik sie nicht zu wecken vermochte,
obwohl doch Polonaise gespielt wurde, ob der Napoleon auch
klang und der Klub-Weinbrand. Nach zahlreichen akustischen
Weckproben begann der Enkel, die Schlafmützen manuell,
ja beidhändig zu wecken – doch alles vergebens.
Er erreichte einzig, dass einer der Schlafenden,
bekleidet mit einer recht bizarren knopflosen Uniform,
die nur dank einer silbernen Sicherheitsnadel
über dem mächtigen Bauch zusammenhielt,
ihm den Kopf zudrehte und einen Rachenlaut von sich gab,
entfernt dem Wort Kuugaallych ähnlich, doch nur entfernt,
was auf Kurdisch womöglich »bitte sich zu entfernen« heißt.
Der Enkel wusste aber sehr gut, dass der Zug gar nicht
an der Grenze zu Kurdistan hielt, und mit einem Schlag
war ihm klar, dass die Grenzkontrolle en bloc berauscht war
und man von ihr in dieser schmerzlichen, körperlich
heiklen Situation unmöglich einen Stempel verlangen konnte.
Daher stöhnte der Enkel, setzte sich auf den Fußboden,
denn der ganze Plan, die Mannschaft betrunken zu machen,
war nun außerordentlich erschwert, wenn nicht
in seiner ursprünglichen Form vereitelt. Was tun?
Wie sich den Reisenden zeigen, nüchtern und ohne Stempel?
Rasch beschloss er, die Erledigung der Angelegenheit

wenigstens vorzutäuschen, indem er die leeren Flaschen
in die Ecken warf, die Getränke aber in eine Thermoskanne goss,
die offensichtlich kontextlos in der Nähe lag.
So ging er daran, zuerst den Napoleon einfach langsam
in die Kanne zu gießen, die ein Fassungsvermögen von
anderthalb Litern besaß, danach den Klub-Weinbrand hinterher,
ein polnisches Produkt, später den Krupnik, unglaublich süß,
dannoch den Rashalm-Wocka, den Magenbitter, s Kischwassa,
das Assa und die Popolonaise. Die leere Lolonaise-Flasche
stelle er auf den Tisch im Schlafsaal und stüsste sie mim Schrank
ab, die Kiaschwassa-Flasche kullete er lissig unter ein Bett,
brachte die Weinbrannflasche im Kühlschrank unter,
den leeren Napoleon wickelte er in eine Zeitung,
gab den Krupnik dem Briefträger. Die Grashalm-Wodka-Flasche
versenkte er, verschluckte die Magenbitter-Flasche
und trat dann hinaus, nur um mit dem Gesicht gegen die Lok
zu stoßen. Die erschrockenen Passagiere halfen ihm,
da sie seine Entsagung und seinen Todesmut sahen,
einsteigen und die Mission fortsetzen. Als er nun wieder
so weit aus den Augen gucken konnte, dass das große Nashorn,
das sich trotz allen Glotzens und Mühens nicht
aus seinem Blickfeld trollen wollte, links hinter die Nasenspitze
floh, erkannte er, dass er die silberne Sicherheitsnadel
in der Hand hielt, die er im Überschwang dem schlafenden
General
im Bahnhof abgeknöpft haben musste. Daher brach er,
wider die in diesen Gegenden furchtbar starke Erdanziehung
und magnetischen Kräfte, zum letzten Waggon auf,
um der Großmutter diese Sicherheitsnadel zu schenken,
was hieß, dass er alle anderen Waggons durchmessen musste.
Auch das Reindel mit den Piroggen und den Topf der Tante
nahm er mit, schüttete zur Vergrößerung seiner

Gravitationsfreiheit aber alle Piroggen, die in Margarine
und die in Öl, in ein Gefäß zusammen.
Der Zug derweil fuhr an, erst ziemlich langsam,
dann in seinem üblichen Trott, was darauf hindeuten mochte,
dass sie die Grenze passiert hatten. Im ersten Abteil,
in das er kam, saßen die Stanickis, die Biskups, Hnydas,
Nachbarn der Großmutter noch aus Zadwórze, und er bot
sogleich allen von den Piroggen an. Dann kam Antonów,
die Bias und Kaszyńskis, die sechs Jahre in Sibirien
überlebt hatten, dann die gesamte Familie Detyn, die Prajs
und Majors, bereits im zweiten Waggon, vierzig Personen,
alle essend, die Hausfrau und Köchin lobend,
sodann die vielköpfige Familie der Mazurs, zusammengeholt
aus allen Ländern Europas, in die sie nach dem Krieg
panisch zerstoben waren, nunmehr einig in der gemeinsamen Sache,
endlich die Nadrowskis im nächsten Waggon.
Draußen war es stockdunkel schon, als der Enkel,
immer neue Abteile öffnend und wankenden Schritts
die Waggons durchmessend, die Michaliszyns, Hrycajs
und Rawskis fand, wo er erstaunt Onkel Karol und Władek Chawa
begrüßte, von denen er gedacht hatte, sie würden längst
nicht mehr leben. Gut in Erinnerung war besonders der Fall
des letzteren, Onkel Kawa genannt, der von russischen
Pferdehändlern, schon nach dem Krieg, in Oppeln,
vor der eigenen Haustür ermordet worden war.
Daneben aber saß seelenruhig Tante Hela, die er so gut kannte
und gut in Erinnerung hatte, obgleich sie schon zwanzig Jahre
tot war, und ihr Anblick und die nach all den Jahren
innig heiße Begrüßung beruhigte ihn über jeden Zweifel,
ob er hier etwa einer seltsamen Umnachtung anheimgefallen sei.

Umso normaler wurde die Sache, als es ihm nach der Verkostung
von Häppchen zum Wodka endlich gelang, durch den dunklen
Gang
in das Nebenabteil vorzudringen, wo er lautes Singen hörte.
Dort nämlich erblickte er Tante Malwinka mit ihrem Mann
und den zwei Kindern, alle glücklich ins Erzählen,
Erinnern und Singen vertieft. Das nächste Abteil
gehörte den Różyckis, der als Trinker und Wüstlinge
verschrienen Sippe, dann sah er die Pokuczyńskis,
ja, und die Familien der Peresenkos und der Draczs, deren
ukrainischer Gesang noch am Ende des Waggons zu hören war,
Onkel Józek und Staszek, die Paradowskis und Kuźma,
noch aus Żeniów bekannte Nachbarn seiner Großmutter,
gekleidet in Hemden, lange braune Mäntel, Stiefel
und hüftlange Schnurrbärte. Den nächsten Waggon
hatten die Andruchowyczs, Szeptyckis, Dziubińskis
in Beschlag genommen, die sich im Krieg so sehr zerstritten
hatten, dass die Brüder selbst sich in Polen
und Ukrainer teilten, die Sawranóws, bei denen
die Söhne ukrainisch hießen und die Töchter polnische Namen
trugen, und die doch alle schon umgekommen waren.
Da fuhren die Szczepańskis, die in Stanisławów fremde Kinder
aufgezogen hatten, weil sie ihre eigenen Söhne, Tadzik
und Kazik, bei Rokitna begraben hatten.
Dann die Asperns, ermordet im Pogrom von Złoczów,
die mit der Färberei in Gliniany, und ihre ärmeren Verwandten,
Dora Aspern, Lehrerin an der Schule in Gliniany,
und ihre Schwester Chaja, Maurycy Zalcsztajn,
die Libermanns, Beniek und Aron, die Kopelewiczs,
Zukerlandel, Buchhalter aus Złoczów, die Familie Spilfogel,
Händler in Büro- und Papierbedarf. Auch die Pic fuhren mit,
die Zabłockis, berühmt für ihre Sülze in der ganzen

Łyczakowska-Straße, und Jasiu Sawicki, der vor dem Krieg bei den Ulanen
von Jazłowiecki gedient hatte und jedes Ausrücken zum Manöver
zur Einkehr in die Bar von Pohulanka genutzt hatte,
in der er seinen Sattel, das gesamte Geschirr und am Ende
auch sein Pferd vertrank, bis sie ihn aus der Armee entlassen
mussten. Smyk fuhr mit, der dortgeblieben war und die Großmutter
beritten zum Bahnhof brachte, nicht ohne den ganzen Weg
zu klagen: »Ja wo fahrt's ihr denn! Im deutschen Land dort
kostet ein Eierlein schon fünf Groszy!«, was die Großmutter
in noch tiefere Verzweiflung stürzte. Auch die Pelcs fuhren,
die Szelc, und dazu die Kawalerowiczs, Krzeczunowiczs,
die Armenier Asakwas und Karaim, die in Czortków und Kamieniec
saßen, dann die Jasińskis, Jabłońskis und Kopeć,
Tischler aus Pohulanka, »Der alte Kopeć hobelt schon den Sarg.
Ich und sterben? Quark!«, die Panasóws, schließlich
Urgroßvater Karol Major, der mit der kleinen Zosia
nach Warschau gefahren war, um Piłsudski zu treffen,
wo sie auf dem Schloss wirklich mit seiner Frau zu Mittag aß,
der ganz unartig und absichtlich der Träger von der Schulter
rutschte, und Onkel Staszek, der vor fünf Jahren gestorben
war und, im Krieg aus dem Lager geflohen,
durch die Wälder Russlands zog, durch die Nächte,
fern von den Menschen, einen ganzen Monat ging, Baumrinde aß
und Schnee trank, bis er eines Nachts nach Hause kam
und an die Tür klopfte und zu seiner Schwester »Widczyniaj«
(»Mach auf«) sagte, ein bisschen, um sich zu verstellen,
und sie erst erschrocken war, denn es war schon
ein Jahr vergangen, seit sie ihn weggeholt hatten
und sie wusste nicht, wer das sei, bis er noch einmal

sagte »Zosia, ich bin's«, da erkannte sie ihn gleich
und durfte nicht mal laut schreien vor Freude,
damit niemand von den Nachbarn oder Vorbeigehenden es hörte
und sie verriet, also lief sie in der Nacht sieben Kilometer
weit, nach Żeniów, zu ihrer Mutter und stellte dort
die Feldflasche auf den Tisch, die die Mutter ihm mitgegeben
hatte, als sie ihn holten, und sagte nichts,
und alle wussten, dass Staszek zurückgekommen war
und lachten und weinten zugleich.

So traf der Enkel einen nach dem anderen, und jeder
von ihnen hielt ihn eine Weile auf, ihn zu begrüßen,
eine Pirogge zu essen und ihn von der mitgeführten
Familienspezialität kosten zu lassen, einem Likör,
Branntwein oder Pfefferschnaps, wodurch es draußen bald
heller wurde. Er selbst revanchierte sich mit Antonóws Wein
und bekam so heftigen Schluckauf, dass der ganze Zug
aus den Schienen sprang und erst nach atmosphärischem
Kurzflug in seine Gleise zurücksank. So begrüßte er alle
mit einem lauten uuk-uk, uuk-uk, uuk-uk, was einige
als Zeichen dafür verstanden, dass nun Zeit zum Musizieren
sei. Kurz darauf erklang im ganzen Zug das mächtige Lied,
das sie in Zeiten der höchsten Not, in Zeiten von Krieg,
Verbannung, Mord und Kommune begleitet hatte, ein Lied,
das ihnen immer Mut machte und sie die schwersten
Augenblicke überstehen ließ:

»Wenn die Chacharen trinken,
und von oben winken,
scheißen sie auf alle,
die nicht auch so heißen«,

und sie wurden immer mehr und mehr, der Zug verlängerte sich um immer neue Waggons, gleichsam ins Unendliche, und während seine Spitze schon ins Unbekannte eindrang, war sein Ende bestimmt noch nicht einmal am letzten Bahnhof losgefahren. Sie kamen in eine Gegend mit spärlichen Hügeln, hier und da Wäldchen und Haine, die Obstbäume standen sichtlich in Blüte und machten kristallisch frisch und rein den Morgen. Wohin aber eilten sie, wohin mochte der reine Fluss dieser Rede sie tragen? Wohin fuhren die Hunderte und Tausenden von Reisenden, ganze Kleinstädte, Dörfer und Landstriche? Der Enkel zog los, vorbei an Reisebündeln, Milchziegen und gackernden Hühnern, an völlig unbekannten und dennoch lächelnden Passagieren, die ihn mit einem »Gott sei Ehr« begrüßten, worauf er nach der Sitte mit »In Ewigkeit Amen« antwortete. Aus den Abteilen, an denen er vorbeikam, drangen Gespräche, Gebete, der Gesang des Kantors und Liedstrophen, und Urgroßmutter Marysia, der er im nächsten Waggon begegnete, drückte ihm in einem Zettel fünf Złoty in die Hand, prustend und schnurrend. Die Menschen standen in den Gängen und auf den Toiletten, in allen Durchgängen auch, sie saßen auf den Dächern und hielten sich, außen baumelnd, an den Griffen fest. Über ihr Gepäck und über den Fußboden spazierten, weiß der Himmel woher, in Seelenruhe schwarze Ameisen und schleppten eifrig etwas von Ort zu Ort.
Der Enkel bahnte sich den Weg, öffnete die nächste Tür, und als er die Klinke drückte, war er endlich im letzten Waggon, wo die Großmutter saß. Schon sah er sie auch durch die Scheibe des Abteils, wie sie lachte und weinte, in Begleitung des Onkels und ihrer sechsjährigen Tochter Stasia, die kurz nach dem Krieg an Typhus gestorben war, und der zweiten Tochter Lusia, die sich vor Jahren

vor den Zug geworfen hatte, so einen wie diesen hier,
und die dritte Tochter Renia, vor zwei Jahren jung verstorben,
und sie alle aßen Matschekuchen und nahmen ab und an
einen Schluck Apfelgeist dazu.

Und obwohl von allen Mächten verlassen,
reichte er ihrer Tochter die Sicherheitsnadel,
und diese gab sie der Großmutter weiter, half ihr,
die offenen Schöße der Schürze zusammenzuheften.
Nachdem dies endlich geschehen war, verlangsamte der Zug
seine Fahrt, denn sie waren am Ort ihrer Bestimmung
angekommen. Der Enkel aber, völlig verzaubert,
beschloss sofort an die Spitze des Zuges zurückzukehren,
bevor dieses Bild verschwände, bevor es als Trugbild sich,
als Reisehalluzination erwiese, er durchmaß die Waggons,
einen nach dem anderen, er rannte, sagte immer wieder
»Sauternes, Bingen« und fasste alle Augenblicke sein Reindel an,
das er sich für den üblen Fall der Fälle um den Hals
gehängt hatte, kam noch einmal an allen Versammelten vorbei,
kostete unterwegs noch einmal von allem,
von Fusel, Selbstgebranntem, Obstschnaps, auch wenn er
sich damit rauszureden suchte, dass er nicht trinke,
schaute auf seine Hände, von denen er mit jedem Abteil
mehr hatte, überzeugt davon, dass auch er Teil
dieser seltsamen Sinnestäuschung sei, immer wieder prüfend,
ob er Geschmack und Geruch empfinde,
ob er so höre wie früher, ob ihm die Hände
noch schmutzig wurden an Fenstern und Klinken,
vom Berühren der Wände, ob er noch immer in den Fenstern
sein Spiegelbild sah. Denn wohin fuhr er, und warum
befand er sich unter all diesen Spukgestalten,
die so leib- und wahrhaftig waren?

Er schaffte es bis nach vorn, bis zur Lokomotive,
über das schwankende Fallreep, und dort im schrecklichen
Dröhnen und Tosen erkannte er das Innere der Dampflok,
genauso, wie er es in Erinnerung hatte aus jener Zeit,
als der Großvater ihn zum Bahnhof mitnahm,
um ihm seine Lokomotive zu zeigen, die »Baśka« hieß
und die er schon zu Kriegszeiten gefahren hatte.
Dort gab es eine Menge Zeiger, Uhren, Drehgriffe,
wie üblich. Unten das bekannte Türchen des Feuerofens,
in dem tosend das Element hauste und dröhnte.
Den Heizer mit der Schaufel sah er, an die Bordwand gelehnt,
ganz schwarz, und den Großvater in Uniform, in seiner Mütze
mit Adler. Er war es, der den Zug in den letzten Augenblicken
gelenkt hatte, und er lächelte nun und begann mithilfe
eines Hebels langsam zu bremsen. Als der Zug an Fahrt verlor,
sagte er, auf ein fern gelegenes, einzeln stehendes Haus zeigend,
mit Garten, ganz nett anzusehen, aber nichts Besonderes,
irgendwie vertraut und doch ganz anders, sagte so laut,
dass der Enkel es durch das Bremsenquietschen hörte:
»Hier ist es, hier werden wir jetzt wohnen,
weiter fahren wir nicht.« Die Luft war still und bitter
zu der Zeit, und ihre aufgewühlten Partikel fügten sich
mählich zu Bildern und Gespenstern, eine Labsal für den Blick,
prächtig in Farbe und wandelbar in Gestalt.
Zwischen den grünen Grashalmen könnte man,
hätte man sich gebückt, eine lange Schnur Ameisen
marschieren sehen, die große, weiße Bündel auf den Schultern
trugen. Sauternes, Bingen, Bingen und Sauternes.

Andrew Kaufman

Alle meine Freunde sind Superhelden

Roman. 112 Seiten. 2008

ISBN 978-3-630-62134-0

Die superlustigste, allertraurigste Liebesgeschichte der Welt.

Durch einen dummen Zufall sind alle Freunde von Tom Superhelden. Da ist zum Beispiel »Die Kopistin«, die jeden Gesichtsausdruck problemlos imitieren kann, oder »Die Froschküsserin«, die aus jedem Deppen einen strahlenden Sieger macht – und noch 40 weitere. Tom ist sogar mit einer Superheldin verheiratet. Leider haben die Feinde von Tom, der ein ganz normaler, liebenswerter Typ ist, auch Superheldenkräfte. Und so hat der »Hypnotiseur« Toms Frau am Hochzeitstag hypnotisiert. Seit sechs Monaten ist sie nun nicht mehr in der Lage, Tom zu sehen, er ist einfach unsichtbar für sie...

»Zwerchfellerschütternd und herzergreifend. So eine Leseerfahrung war mir bisher noch nicht untergekommen. Absolut einzigartig!« *Antje Deistler, WDR2*